Tote Killer küssen besser

Zur Autorin:
*Brita Rose Billert wurde 1966 in Erfurt geboren und ist Fachschwester für Intensivmedizin und Beatmung, ein Umstand, der auch in ihren Romanen fachkundig zur Geltung kommt. Ihre knappe Freizeit verbringt sie mit ihrem Pferd beim Westernreiten durch das Kyffhäuserland in Thüringen. Sie hat durch ihre Reisen in die USA viele Freundschaften mit Native Indians in Utah, South Dakota und British Columbia geschlossen. Diese Tatsache, die Liebe zu den Pferden und ihrem Job inspirieren Sie zum Schreiben. Zwölf Romane sind bereits publiziert.
Autorenhomepage: www.brita-rose-billert.de*

Brita Rose-Billert

Tote Killer küssen besser

Roman

Bibliographische Information der Deutschen Nationalbibliothek: Die Deutsche Nationalbibliothek verzeichnet diese Publikation in der Deutschen Nationalbibliographie. Detaillierte bibliographische Daten sind im Internet über dnb.d.-nb.de abrufabar.

© 2021 Brita Rose Billert, SeitenweiseVoraus

TWENTYSIX
Eine Marke der Books on Demand GmbH

Herstellung und Verlag:
BoD – Books on Demand, Norderstedt

ISBN: 9783740786748

Lektorat: Andrea Klein / Holger Scheidemantel
Satz, Layout: Holger Scheidemantel
Coverdesign: Robert Billert, Holger Scheidemantel
Foto: Charlotte Röhtling-Barth
Biker: Robin-Peter Picht

*Lieber
zweimal in die falsche Richtung laufen,
als ständig auf der Stelle zu treten.*

Kapitel 1 - Nachtdienst

Kapitel 2 - Der Mann, der zweimal starb

Kapitel 3 - Gefährliche Zeiten

Kapitel 4 - Gegen die Zeit

Kapitel 5 - Tote Killer küssen besser

Kapitel 1

Nachtdienst

Rita keuchte. Sie rannte die letzten paar Meter zur Straßenbahnhaltestelle Leipziger Platz. Sie musste die Bahn unbedingt noch erwischen. Ein blonder Pferdeschwanz wippte hinter ihrem Kopf und die Kapuze ihrer knallroten Steppjacke ebenfalls. Einzelne Haarsträhnchen hatten sich aus dem Zopf gelöst. Der Herbstwind spielte damit. Wie kleine Fähnchen tanzten sie über ihr Gesicht und krabbelten an der Nase. Rita musste niesen. Die schwarze Umhängetasche schien mit ihr zu fliegen. Glück gehabt! Der Fahrer hatte sie bemerkt und öffnete die Tür noch einmal für sie. Hastig bedankte sie sich bei ihm. Er nickte freundlich. Hinter ihr klappte die Tür endgültig zu und die Bahn fuhr sofort an.

Ein paar Schritte weiter ließ Rita sich auf einen freien Sitz fallen. Sie sah sich nach den Menschen um, die sie umgaben. Nein. Sie konnte niemanden ausmachen, den sie kannte. Rita schickte einen kurzen Blick durch das Fenster. Es war 20:30 Uhr, doch die Nacht hatte längst in der Stadt, in Erfurt, Einzug gehalten. Die Lichter funkelten wie ein

Spiegelbild des Sternenhimmels und reflektierten auf der Wasseroberfläche der Gera. Der Wind spielte mit den bunten Blättern, wirbelte sie auf und blies sie in alle Ecken. Die Fußwege waren um diese Zeit wie leergefegt. Autos drängten sich über den Stadtring, von Ampel zu Ampel. Rita zog ein kleines Buch aus ihrer Tasche und las. Sie vertiefte sich in ihren Krimi. Die Straßenbahn stoppte mitten auf dem Anger. Rita sprang auf. Sie musste in eine andere Bahn umsteigen, wenn sie zum Klinikum der Stadt wollte. Und genau da musste sie hin. Mit dem Buch in der Hand stieg sie aus. Flüchtig glitt ihr Blick über den von Laternen beleuchteten Platz im Altstadtzentrum.

Prachtvolle Häuser fast aller Baustile, von Gotik über Barock, Renaissance, Jugendstil bis zum Neuzeitlichen, waren hier vertreten. Sie erzählten Architekturgeschichte. Erst vor einigen Jahren waren sie restauriert worden, vom Anger bis hin zum Domplatz, vom Augustinerkloster bis über die Krämerbrücke, Rita liebte die Altstadt. Hier konnte man jederzeit wunderbar bummeln und es gab unzählige gemütliche Kaffees und Restaurants.

Rita schlug das Buch wieder auf und las. Der Herbstwind spielte mit den Seiten. Sie hielt das Buch fest in ihren Händen. Schließlich blätterte sie um und stieg, wie ferngesteuert, in die ankommende Straßenbahn. Sie fand sofort einen freien Platz. Rita wandte keinen Blick von ihren Buchseiten. Sie sah weder das alte Rathaus im neugotischen Stil am Fischmarkt, noch den angestrahlten Mariendom mit der Severikirche. Majestätisch richtete sich das historische Bauwerk in den Nachthimmel. Der Wind fegte einige Blätter über die Pflastersteine des großen Platzes davor. Die Straßenbahn stoppte. „Domplatz", erklang eine weibliche Stimme vom Band. Die Türen öffneten automatisch und die kalte Luft zog herein. Rita starrte unbeirrt in ihr Buch. Sie musste noch ein paar Stationen weiter fahren. Die Straßenbahn ratterte in Richtung Norden, in die Andreasstraße. Rita blätterte um und sah wieder auf ihre Uhr.

20:44 Uhr!

Sie atmete tief durch. Dann las sie weiter. Dieser Krimi hatte, wie alle zuvor, Besitz von ihr ergriffen und ließ sie nicht wieder los. Jede Seite, jeden Satz, ja, jeden Buchstaben schien sie förmlich in sich aufsaugen zu wollen. Beinahe hätte sie das Aussteigen verpasst. Hastig sprang Rita auf, fummelte das Buch in ihre Umhängetasche, während sie an der Haltestelle *Klinikum Erfurt*, in der

Nordhäuser Straße, ausstieg. Ein Mann war ebenfalls ausgestiegen und wandte sich zur anderen Straßenseite. Die Ampel zeigte rot.
Blöde Ampel, dachte sie und blickte genervt auf die Uhr. Ungeduldig trat sie von einem Fuß auf den anderen. Als das grüne Ampelmännchen endlich erschien, überquerte Rita eilig die Straße, lief ein paar Meter am Parkhaus entlang und bog dann zum Klinikgelände ein. Die hell erleuchteten Blöcke hatte sie schon unzählige Male gesehen. Sie schenkte ihnen kaum noch einen Blick. Höchstens einen flüchtigen. Wahrhaftig eine kleine Stadt, das Klinikum in der Thüringer Landeshauptstadt Erfurt. Auf den Gehwegplatten spiegelte sich das Licht der Laternen.
Rita Hurtig hatte im Klinikum Erfurt gelernt, studiert und war geblieben. Seit vier Jahren arbeitete sie als Krankenschwester auf der unfallchirurgischen Station und sie tat es gern. Heute Abend hatte sie einen zusätzlichen Nachtdienst für eine Kollegin übernommen. Das machte ihr nichts aus. Schlafen hätte sie heute Nacht womöglich sowieso nicht können. Außerdem brauchte sie gelegentlich selbst die Hilfe einer Kollegin. Der kühle Oktoberwind spielte mit ihrem Haar, das im Gesicht krabbelte. Es schien sie

nicht zu stören. Rita war wahrhaftig spät dran und mit den Gedanken zwischen ihrem Schmöker und ihren Patienten. Die Glasschiebetür öffnete sich und sie rannte die letzten Meter quer durch das Foyer, vorbei an der Cafeteria, bog links ab, dann wieder rechts. Ein Labyrinth für Patienten und Besucher. Rita hätte ihren Weg selbst mit geschlossenen Augen gefunden. Atemlos stieß sie die Tür zum Umkleideraum auf. Rita war heiß. Die Spätdienstschwester wartete! Rasch schlüpfte sie in ihre Hose und Kasack. Mit ausgreifenden Schritten lief sie den Flur entlang und bog, wie ein Wirbelwind, zum Dienstzimmer ab.

„Hallo! Da bin ich. Gibt`s was Neues?"

Geschafft! Rita versuchte ihren schnellen Atem zu besänftigen und setzte sich.

„Jede Menge. Mann! Wo warst du bloß wieder?"

Der Zeiger der Wanduhr rückte mit einem Klacken auf einundzwanzig Uhr.

„Mir ist die Straßenbahn vor der Nase weggefahren. Ich musste warten", log sie unverschämt.

Ihre Kollegin stöhnte, während sie Kaffee in zwei große Tassen goss.

„Du bist ein Engel, Kathrin", sagte Rita und lächelte schuldbewusst, in Anbetracht ihrer

kleinen Notlüge.
„Das nächste Mal erwürge ich dich höchstpersönlich", knurrte Kathrin. Dann lachte sie.
„Geht`s nicht auch `n bisschen sanfter. Es gibt so viele Möglichkeiten...", Rita schluckte den Rest ihres Satzes lieber.
Kathrin blickte streng über den Brillenrand und hob die Augenbrauen.
„Du liest zu viele Krimis! Kauf dir besser mal einen Liebesroman, damit du weist, was man mit Männern anfängt."
Sie kicherten beide.
„Weißt du es denn?", fragte Rita grinsend und schlürfte vom heißen Kaffee.
Kathrin nickte und verstellte ihre Stimme tiefer, als sie antwortete: „Und ob, Schätzchen."
Das Telefon klingelte.
Kathrin nahm ab und meldete sich.
„Unfall eins, Schwester Kathrin."
Sie verdrehte genervt die Augen, während sie zuhörte und antwortete schließlich freundlich.
„Geht in Ordnung."
Dann legte sie auf.
„Zugang, Schwester Rita. Ist noch im OP. Du kannst die Sachen aber schon abholen. Dann kannst du wenigstens den Papierkram erledigen, solange ihn Frau Dr Achtzehn

 12

wieder zusammenflickt. Die Schwesternschülerin ist schon da und jeden Augenblick kommt noch ein Medizinstudent zur Verstärkung. Einer von den Professoren im dritten Semester, die denken, sie könnten hier im Nachtdienst schlafen."
Rita schüttelte den Kopf.
„Ich springe schon. Bin gleich wieder da."
Schon war sie zur Tür hinaus und um die Ecke verschwunden.
„Der Name Hurtig passt zu ihr", murmelte Kathrin zu sich selbst.

Rita meldete sich, eine Etage höher, bei ihrem Kollegen im OP Bereich.
„Hi Klaus. Hast du angerufen?"
„Ja", antwortete er.
„Ich dachte Kathrin kommt."
„Enttäuscht?"
Klaus zuckte mit den Schultern und meinte: „Wie man`s nimmt."
„Dann nimm`s nicht so schwer. Ich habe Nachtdienst. Den Letzten!"
„Bist du dir sicher?"
Klaus grinste.

„Ich hoffe es. Wo sind die Sachen?"
Klaus ging zum Schreibtisch und sprach ernst: „Schusswunde. Männlich, achtundzwanzig Jahre, Deutscher. Hier ist seine Brieftasche mit den Papieren."
Er drückte Rita eine schwarze Weste in die Hand.
„Soll das ein Witz sein?"
„Was? Wieso?", fragte er.
„Hatte der Kerl nur das Ding an oder liegt er etwa in voller Montur auf dem OP Tisch?"
Klaus lachte.
„Die Hosen darfst du ihm nachher ausziehen, Rita, wenn Frau Doktor Achtzehn mit ihm fertig ist."
„Spinner!"
„Ich hab`s gehört!"
„Gut. Ich hätt`s auch nochmal gesagt."
„Danke. Ich kenne viele charmante Menschen, aber du bist mit Abstand die Beste. Ich ruf dich an."
Rita nickte. „Ich werde ran gehen."
Klaus grinste hintergründig.
„An`s Telefon", fauchte sie und verschwand durch die Tür.

Rita warf die Weste zunächst auf einen der Stühle im Dienstzimmer und die Brieftasche auf den Schreibtisch. Dann griff sie nach der

Tasse mit dem lauwarmen Kaffee und setzte sich. Kathrin kam herein.
„Und? Brauchst du mich noch?"
„Nein. Halb so schlimm. Klaus ruft zurück. Es dauert wohl noch eine Weile."
„Okay. Dann viel Spaß heute Nacht."
Rita sah auf und grinste.
„Den hab`ich doch immer."
Kathrin lachte und schnappte ihre Tasche.
„Tschüss."
„Tschüss Kati."
Kathrin schlenderte den Gang entlang zum Umkleideraum. Nicht, dass sie nicht schnell nach Hause wollte, aber nach fast neun Stunden Dienst brummten alle Knochen.

Rita machte sich an die Arbeit und untersuchte die Brieftasche. Der Ausweis und die Versicherungskarte waren auch dabei. Die Schwesternschülerin kam herein und ließ sich auf den anderen Bürostuhl fallen.
„Hi, Boss", grüßte sie.
„Hallo! Na? Schon so geschafft, Anne?"
„Hmhm. Wenn das die ganze Nacht so weiter geht... prost Mahlzeit."

„Da kann ich dich aufmuntern. Es kommt gleich ein Zugang und Verstärkung. Ein Medizinstudent."
Anne seufzte.
„Schön. Ist noch etwas von der schwarzen Aufbaudroge da?"
„Ja, aber die scheint auch nichts mehr zu nützen", meinte Rita.
„Besser als gar nichts. Habe mir schon das Rauchen wieder abgewöhnt."
Rita lachte leise, während sie die Formulare ausfüllte. Kaum zwei Minuten später piepte der Schwesternruf.
„Oh Mann!", schnaufte Anne und stand auf.
Bevor sie ging, trank sie schnell noch einen Schluck. Rita sah in das Geldscheinfach der Brieftasche und pfiff leise durch die Zähne.
„Sie scheinen mir ja eine gute Partie zu sein, Herr Brenner."
Dann schloss sie diese zunächst im Medizinschrank ein. Wenn Herr Brenner wieder bei Bewusstsein war, konnte er selbst darauf aufpassen, dachte Rita. Sie schnappte die schwarze Weste und ging hinaus. Schwer war sie. Was schleppte der Kerl nur alles mit sich herum? Ein Stück den Gang entlang, klopfte sie an die Tür eines Patientenzimmers. Niemand antwortete. Sie trat ein.
Herr Hauptmann saß in seinem Bett am

Fenster, die Kopfhörer auf den Ohren und starrte in den Fernseher. Rita wusste, dass der alte Mann schwerhörig war und trat in sein Blickfeld. Die Musik hörte sie deutlich. Ein Lächeln erschien auf dem Gesicht des alten, hageren Mannes.
„Alles okay, Schwesterchen!", schrie er sie an.
Rita lächelte zurück, wies auf die Weste und dann zum Bett am Schrank. Herr Hauptmann schüttelte den Kopf.
„Das gehört mir nicht!", sagte er laut.
„Ich weiß."
Rita schlug die Bettdecke zurück und wies mit der Weste, die sie fest umklammert hielt, in das leere Bett. Herr Hauptmann grinste und winkte ab.
„Aloha he, aloha he", sang er laut.
Ein anderes Bett war nicht mehr frei. Rita holte einen Bügel aus dem Schrank und blies die aufgestaute Luft aus den Wangen. Während sie die Weste mit einer Hand auf den Bügel fummelte, fiel etwas schweres auf die Matratze. Eine Hitzewelle schoss durch ihren Körper, als sie auf das schwarze Ding starrte. Dann schlug sie geistesgegenwärtig die Decke über die Pistole und schickte einen prüfenden Blick zu Herrn Hauptmann. Der war zum Glück in seine Fernsehsendung vertieft. Rita hängte die Weste in den

Schrank, tastete sie ab und griff zur Sicherheit in alle Taschen. Sie fand ein Feuerzeug und einen Bleistift. Schnell schloss sie den Schrank. Ihr Herz klopfte noch immer bis in die Schläfen.

Ob die Waffe geladen ist? Vielleicht ist es ja nur eine Schreckschusspistole oder eine aus dem Spielzeuggeschäft - für seinen Sohn, überlegte sie. *Die sehen auch ziemlich echt aus.*

Rita öffnete die Tür und schob das Bett kurzentschlossen auf den Flur hinaus. Vor dem Verbandszimmer stoppte sie und zog sich in Windeseile ein paar Handschuhe über. *Nur niemals so etwas mit bloßen Händen anfassen! Wegen der Fingerabdrücke*, dachte sie. *Vielleicht hatte er jemanden damit erschossen und...*

Rita erschrak über ihre Gedanken. Ihr wurde heiß. Sie wischte sich mit dem Arm eine ihrer blonden Haarsträhnen aus dem Gesicht, die sich aus ihrem Zopf gelöst hatten. Dann schüttelte sie energisch den Kopf, als wollte sie ihre Gedanken mit aller Macht abschütteln.

„Kati hat Recht. Ich habe zu viele Krimis gelesen", sagte sie leise zu sich selbst.

Rita blickte um sich und zog die Pistole unter der Decke hervor. Rasch verschwand sie damit im Dienstzimmer und betrachtete das

Ding genauer. Wieder wurde ihr heiß.
„Wow! Eine echte Glock. Wahnsinn!", wisperte sie.
Das Magazin war darin und die Pistole war gesichert. Rita hörte eilige Schritte näher kommen und versteckte das gefährliche Ding hinter ihrem Rücken.
„Anne! Hast du mich erschreckt."
„Wieso?"
Rita schnappte nach Luft. „Du kommst hier herein gestürmt..."
„Sorry, aber ich arbeite zufällig hier."
„Schon gut."
„Geht`s dir gut Boss? Du siehst so ziemlich mitgenommen aus."
„Mir war auf einmal schlecht. Aber jetzt geht es wieder. Habe Wasser getrunken. Wahrscheinlich vertrage ich den giftigen Kaffee nicht mehr."
Rita zuckte mit den Schultern und lächelte verlegen.
Das Telefon klingelte.
„Gehst du mal ran, Anne?"
Anne wandte sich um und nahm ab.
Rita suchte verzweifelt nach einer Möglichkeit, die Waffe zu verstecken. Das Telefongespräch war viel zu kurz. Rita ließ die Pistole vorsichtig in die leere Blumenvase gleiten und zog rasch die Handschuhe von den

Händen. Als Anne auflegte, hatte Rita die Hände in den Taschen vergraben.
„Oberpfleger Klaus am anderen Ende. Der Zugang ist fertig für den Umzug. Soll ich... „
„Nein", fiel Rita ihr ins Wort. „Ich gehe selbst."
Der Zeiger der Wanduhr rückte gerade auf viertel vor Zehn.
„Frau Meyer bekommt noch ihre Nachtmedizin und Herr Kunz braucht einen frischen Eisbeutel."
„Aye aye Käpt`n", entgegnete Anne prompt und wandte sich zum Gehen.

Rita rollte das Bett zum Fahrstuhl. Eine Etage höher taxierte sie das allein schwer lenkbare Bett den langen Gang entlang. Klaus lehnte bereits am Türrahmen und amüsierte sich, als Rita trotz aller Bemühungen aneckte.
„Das Taxi ist da", schnaufte sie.
„Das kostet dich `ne Runde, Rita", bemerkte Klaus trocken.
„Hättest ja mal zufassen können, Flegel!"
Rita parkte das Bett vor einem der vielen Fenster, die wie Spiegel wirkten und tagsüber den Blick zum Nordpark zuließen.

„Mindestens eine Flasche Rotwein", meinte Klaus unbeirrt.
„Mach dir `ne Strichliste", schnaubte Rita.
Klaus lachte amüsiert und ging voran.
Der Patient lag auf der Transportliege. Klaus sprach den Mann an.
„Herr Brenner! Können Sie mich hören?"
Der Mann öffnete die Augen, sah ihn an und nickte.
„Ja", antwortete er leise.
Dann schloss er die Augen wieder.
„Gut", meinte Klaus zufrieden.
„Frau Doktor hat ihm intravenös ein Antinarkotika injiziert. Keine Komplikationen. In der Infusion ist eine Ampulle Tramal. Außerdem bekommt er Fraxi und in den nächsten sieben Tagen ein Antibiotikum. Steht alles korrekt blau auf gelb auf dem Verordnungsbogen."
„Okay. Danke. Rückt die Polizei etwa auch noch an?", fragte Rita seufzend.
„Ist grad eben gemeldet. Also wenn du Hilfe brauchst, Rita, ruf mich an."
Sie antwortete mit einem Blick ohne Worte. Klaus kannte diesen Ausdruck.
„Hey, ich mein`s ernst. Du bist allein da unten, mit einem Lehrling und einem `ich weiß nicht, was ich machen soll` Doc."
Rita nickte.

„Ja, du hast ja recht. Danke."
Vorsichtig hoben sie den willenlosen Körper des jungen Mannes in das Bett. Er hatte die Augen geschlossen und atmete ruhig. Der festsitzende Verband reichte vom linken Ellenbogen bis zur Schulter hinauf. Klaus steckte das blutige Hemd in einen kleinen Müllbeutel.
„Noch nicht wegwerfen!"
Dann warf er es mit dem Verordnungsbogen auf die Bettdecke und schob den Patienten, gemeinsam mit Rita, bis zum Aufzug.
„Danke. Ruhigen Dienst", sagte sie leise, bevor sich die Tür schloss.
„Gleichfalls."
Klaus hob die Hand zum Gruß und wandte sich um.

Rita überlegte nicht lange und schob das Bett kurzerhand in das Verbandszimmer, direkt neben dem Dienstzimmer. Es war eng, aber es ging. Sie kontrollierte die Infusion und warf einen Blick auf den Verordnungsbogen. Blutdruckkontrolle stand an und Rita holte das Gerät.

„Herr Brenner?", sprach sie ihn schließlich an. Der blinzelte.
„Ich werde jetzt Ihren Blutdruck messen. In Ordnung?"
Der Mann nickte schwach.
Als Rita die Manschette wieder entfernte, sagte sie: „Alles im grünen Bereich. Geht es Ihnen gut?"
Der Angesprochene öffnete die Augen und lächelte schwach.
„Bin ich tot?", fragte er kaum verständlich.
Rita lächelte zurück und schüttelte den Kopf.
„Nein. Wie kommen Sie denn darauf?"
„Sie haben mich in einen Abstellraum geschoben und Sie sehen aus wie ein Engel."
Sie lachte amüsiert.
Der Mann schloss die Augen wieder. Er trug ein schwarzes Unterhemd. Rita blieb, wie angewurzelt, stehen und betrachtete seine schwarzen Haarstoppeln, seine Augen mit den geschwungenen Wimpern, die leicht gebogene Nase und die schmalen Lippen. Die Spuren zweier kleiner Grübchen zeichneten sich an den Mundwinkeln ab. *Wahrscheinlich ist er ein fröhlicher Mensch, der gern lacht,* dachte sie. *Wer hatte ihm das nur angetan?*
„Kann ich noch irgend etwas für Sie tun, bevor ich gehe?", fragte sie.
Der Mann öffnete noch einmal seine Augen

und sah die Schwester an.
„Wo bin ich hier?"
„Unfallchirurgie. Klinikum Erfurt."
„Wie spät?"
Rita sah auf die Uhr. „Viertel nach zehn."
„Morgens oder abends?"
„Abends."
„Wissen Sie, wo meine Weste geblieben ist?"
Rita schluckte mühsam. „Ja."
Sein Blick war eine einzige Frage.
„Okay. Ich hole sie Ihnen."
Mit diesen Worten verschwand sie.
    Rita bemerkte Brenners Schreck, als sie wenig später zurück kam. Er wirkte unruhig. Als er sie erkannte, schien er sich sofort zu entspannen. Rita legte ihm das Gewünschte auf die Decke.
„Danke", sagte er leise, legte seine Hand darauf.
„Wie heißen Sie?"
„Ich bin Schwester Rita. Ich lasse Sie jetzt allein. In etwa zehn Minuten sehe ich wieder nach Ihnen. In Ordnung?"
„Ja", nickte Brenner.
Er wird sie suchen und er würde sie fragen, wo die Pistole ist, dachte Rita.
Sie wich seinem Blick aus und ging. Leise schloss sie die Tür hinter sich.

Jemand klingelte nach der Schwester und Rita ging sofort dorthin.
„Guten Abend Frau Meyer. Was gibt`s?"
„Ich kann nicht schlafen. Ich möchte gerne meine Medizin. Ohne die kann ich einfach nicht einschlafen. Und die hier...", die alte Dame wies mit dem Daumen zu ihrer Bettnachbarin, „...die sägt jede Nacht einen ganzen Urwald ab!"
Rita lächelte.
„Ich verstehe. Da könnte ich wahrscheinlich auch nicht schlafen. Aber Ihre Nachtmedizin hat Ihnen doch die Anne schon gebracht?"
Frau Meyer blickte missmutig drein.
„Ja. Aber geholfen hat sie nicht!", knurrte sie.
„Gut. Ich sehe nach, was ich für Sie tun kann."
„Schieben Sie dieses schnarchende Walross auf den Flur raus oder noch besser in den Luftschutzbunker."
Rita lachte und ging.
Anne war im Dienstzimmer und blätterte in einer der Akten.
„Hat Frau Meyer ihre Medizin gleich genommen?", fragte Rita.
„Ja. Sofort. Sie hatte schon ungeduldig darauf

gewartet."

Rita zog Frau Meyers Verordnungsblatt. Dann holte sie tief Luft.

„Ich bringe ihr mal eine unserer Wunderpillen. Vielleicht klappt es ja dann."

Anne sah auf und grinste bis hinter die Ohren. Rita ging selbst. Es war erst viertel nach zehn und momentan ruhig auf der Station. Anne hatte einen Zettel, auf dem sie sich Notizen machte, während sie weiterblätterte.

„Na? Schon im Prüfungsfieber?", fragte Rita.

„Hmhm", gab Anne, den Stift zwischen den Zähnen, zur Antwort.

„Ich sehe mal nach dem Zugang."

„Hmhm", bekam Rita nochmals zur Antwort.

Etwa zur gleichen Zeit stoppte eine schwarze BMW Limousine direkt vor dem Eingang auf dem Klinikgelände. Ein hochgewachsener Mann, mit grauem Haar und finsterer Mine, stieg aus. Offensichtlich wütend schlug er die Tür zu. Der Grauhaarige ging eilig zur Eingangstür. Ein anderer Mann begleitete ihn. Gesprochen wurde nicht. Der schwarze Mantel des Grauhaarigen war offen und

flatterte im Wind. Der Mann schien genau zu wissen, wohin er gehen musste. Niemand begegnete den Männern. Niemand hielt sie auf. Mit leisen Schritten durchquerten sie die Cafeteria und bogen zur Unfallstation ab. Suchend sahen sie sich dort um. Es war still und zunächst niemand zu sehen. Sekunden später kam eine Schwester aus einem der Zimmer und schloss leise die Tür. Sie erschrak, mit einem Aufschrei, und starrte die fremden Männer an.
„Guten Abend, Schwester", grüßte der Grauhaarige mit tiefer, voller Stimme.
Er zog einen Dienstausweis und steckte ihn sofort wieder weg, während er sich knapp vorstellte.
„Wolf. Kriminalpolizei. Bringen Sie uns bitte zu Herrn Brenner, Martin Brenner. Er ist heute Abend bei Ihnen eingeliefert worden."
„Schwesternschülerin Anne. Guten Abend. Kommen Sie bitte mit."
Die beiden Männer folgten ihr.
„Muss ja `n ziemlich heißes Ding sein, wenn Sie mitten in der Nacht hier anrücken."
Anne hatte nicht mit einer Antwort gerechnet und war überrascht, als Wolf tatsächlich zu ihr sagte: „Tja, so ist das in unserem Beruf. Immer im Einsatz."
„Wundern Sie sich bitte nicht. Meine Ober-

schwester hat ihn in das Verbandszimmer geschoben. War kein anderes Plätzchen mehr frei."

Anne wies auf die Tür und lachte.

„So stören wir wenigstens niemanden. Wo ist Ihre Oberschwester?"

„Auf Toilette. Sie muss andauernd kotzen. Ist das nicht verdächtig? Aber sie will es nicht zugeben." Anne grinste hintergründig.

Auf dem finsteren Gesicht des Mannes, der sich Wolf nannte, erschien ein schwaches Grinsen. Der Andere starrte auf die weiße Tür.

„Okay. Danke. Sie können wieder an ihre Arbeit gehen."

Anne wandte sich um und ging den Gang entlang. Wolfs Begleiter öffnete vorsichtig die Tür.

„Was ist denn hier los? Wer hat Ihnen erlaubt ....", schnaufte Rita empört. Weiter kam sie nicht.

„Schwester!", unterbrach Wolf sie mit tiefer Stimme.

Die jagte Rita noch mehr Angst ein, als sie ohnehin schon hatte. Rita riss sich zusammen.

„Wo ist der Mann, der in diesem Bett lag?"

Rita starrte verwirrt auf das Bett. Die schwarze Weste lag noch darauf. Der Patient war spurlos verschwunden. Ihr Herz raste

augenblicklich und ihr wurde übel.
„Ich weiß es nicht", gab sie niedergeschlagen zu.
Wolf zog seinen Dienstausweis hervor, steckte ihn rasch wieder weg und zog Rita am Arm mit sich zum Dienstzimmer.
Das tut weh!
„Ich muss mit Ihnen reden, Schwester...", begann Wolf und schloss die Glastür zum Schwesternzimmer von innen. Rita lies es willenlos geschehen.
„Wie war doch gleich Ihr Name?"
„Rita. Schwester Rita"
„Wo ist der Mann, der heute Abend mit der Schussverletzung eingeliefert wurde?"
„Ich weiß es wirklich nicht", beteuerte Rita.
„Die Klinik hat uns informiert, dass er gerade aus dem OP auf diese Station verlegt wurde."
Rita zuckte nur mit den Schultern. Sie wagte nicht, Wolf anzusehen. Sie hörte ihn tief durchatmen.
„Martin Brenner. Wo ist er?"
„Tut mir leid. Ich weiß es wirklich nicht. Er hat sich vielleicht selbst entlassen."
Wolf lachte bitter auf.
„Wollen Sie mich auf den Arm nehmen, Schwester Rita? Ein Mann mit einer Schussverletzung, frisch operiert und vielleicht noch müde von der Narkose... spaziert doch nicht

einfach so zur Tür hinaus? Sie hätten ihn sehen müssen!"
Rita schluckte. Nur mit Mühe konnte sie ihre Aufregung beherrschen.
„Also gut. Ich gebe es ungern zu, aber der Patient ist mir tatsächlich entwischt. Ich werde es melden und ihn suchen lassen", sagte Rita kleinlaut.
„Weit kann er nicht gekommen sein. Seit wann ist er verschwunden? ", fragte Wolf unwirsch.
„Seit zehn Minuten etwa."
Wolf schwieg. Er schien zu überlegen.
„Hatte er eine Pistole bei sich?", fragte er schließlich.
„Nein", log Rita prompt mit sicherer Stimme.
Wolf kniff die Augen zusammen und beugte sich zu ihr herab, sodass ihr sein Aftershave in der Nase krabbelte.
„Überlegen Sie genau, was sie sagen", zischte er.
„Halten sie mich für vergesslich?"
„Sind Sie es?"
„Nein."
Wolf atmete tief durch und richtete sich auf.
„Sie werden Brenner in der Klinik suchen lassen, Schwester Rita. Sofort. Wir werden ihre Station durchsuchen. Ich bin mir sicher, dass er sich noch hier aufhält. Mir wird er

nicht entwischen", sagte Wolf leise. Es klang wie eine Drohung.
Rita nickte und griff zum Telefon.
Wolf wartete auf keine Antwort. Er erwartete keinen Widerspruch. Grußlos ging er. Wolfs Begleiter folgte ihm.

Leise öffnete Rita die Tür zur Personaltoilette. Es war höchste Zeit. In ihrer Eile stolperte sie über etwas und schrie erschrocken auf. Patient Brenner lag reglos, zwischen dem WC und der Tür, auf dem Boden. Er schien bewusstlos zu sein. Die Infusion hatte er sich selbst entfernt, die Kanüle einfach herausgezogen. Das Blut war über den Arm gelaufen, auf den Boden getropft und bereits angetrocknet.
„Mein Gott! Was machen Sie da für Sachen!", fauchte Rita, während sie sich zu ihm kniete.
Anne erschien in der Tür.
„Was ist passiert?"
„Sieht aus wie ein Kreislaufkollaps. Hilf mir!"
„Wie kommt der denn hier rein?", wunderte sich Anne.
„Sieht tatsächlich nach Flucht aus", flüsterte

Rita.
Was immer sich der Mann dabei gedacht hatte, geistig verwirrt war er Rita vorhin eigentlich nicht erschienen. Doch manchmal hatten Narkosemittel seltsame Nachwirkungen. Rita gab Anne kurz Anweisung und rettete sich zunächst auf eine andere Toilette. Als sie zurück kam, blinzelte der junge Mann um sich.
„Kein Wunder. Der Blutdruck ist am Boden. Zu viel Blut verloren und die Flüssigkeitszufuhr gekappt. Das war keine so gute Idee, Herr Brenner", sagte Anne.
„Haben Sie Schmerzen?", fragte Rita.
Brenner stöhnte nur leise.
Sie säuberte seinen blutigen Arm.
„Das wird mit Sicherheit schön blau."
Brenner bewegte die Lippen.
„Scheiße", sagte er kaum hörbar. „Sie sind hier. Sie suchen mich."
Rita blickte Brenner fragend an.
„Zwei Polizisten, ja. Jemand hat auf Sie geschossen! Das muss aufgeklärt werden. Und Sie müssen dringend zurück in Ihr Bett. Ich muss den diensthabenden Arzt rufen, damit er eine neue Infusion legt, wenn sie überleben wollen", lächelte Rita.
Brenner schüttelte entschieden den Kopf.
„Ich muss weg hier, wenn ich überleben will!

Helfen Sie mir auf."
Rita und Anne taten ihr Bestes. Brenner entwickelte erstaunliche Kräfte. Erschöpft saß er auf dem Toilettendeckel und lehnte mit dem Rücken an der Wand. Dann schloss er die Augen und atmete mehrmals tief durch.
„So, wie es im Augenblick aussieht, kommen Sie allein nirgendwo hin."
Es klingelte. Anne machte sich auf den Weg zu dem Patientenzimmer.
„Wohin haben Sie sie getan?"
„Wen?"
„Meine Pistole", sagte er leise.
„Ach du meine Güte! Die hab` ich ja total vergessen."
Rita schlug sich mit der flachen Hand gegen die Stirn. Brenner zog die Schwester mit einem unerwartet kräftigen Ruck zu sich heran.
„Wo ist sie?", zischte Brenner, während er Rita eindringlich anblickte.
„In... in... der Blumenvase", stammelte Rita.
Brenner zog die Augenbrauen zusammen.
„Mit so was scherzt man nicht, verdammt! Geben Sie sie mir!"
„Ich bin mir nicht ganz sicher, ob das eine gute Idee ist, wenn Sie..."
Rita vollendete den Satz nicht.
„Aber ich bin mir sicher", zischte Brenner.

„Bitte!"
„Wer sind Sie? Woher will ich wissen, dass Sie kein Dieb, Verbrecher oder Mörder sind? Vielleicht erschießen Sie mich am Ende noch mit dem Ding?", zweifelte Rita.
Brenner verzog die Mundwinkel und grinste spöttisch. „Wohl zu viele Krimis gesehen?"
„Wer sind Sie?", fragte Rita ernst.
„Martin Brenner, achtundzwanzig und ich stehe im Dienst der Polizei."
Rita stellte sich aufrecht und entzog sich seinem Griff und verschränkte demonstrativ die Arme.
„Sie haben keinen Dienstausweis bei sich."
„Der liegt zu Hause."
Wieder wollte Rita gehen und wieder griff Brenner nach ihrem Handgelenk.
„Sie unterstehen doch der Schweigepflicht?", fragte er.
Rita starrte ihn verwundert an.
Er wartete vergebens auf eine Antwort.
„Sie sind die Einzige, Rita, die mir helfen kann. Sie haben ja selbst gesehen, dass ich allein nicht weit komme. Ich werde alles, nur nicht schlafen diese Nacht."
„Was wollen Sie von mir?"
„Bringen Sie mich raus hier!"
Rita verdrehte die Augen und atmete hörbar tief durch. „Das geht nicht so einfach, wie Sie

sich das denken! Ich habe die Verantwortung. Das kostet mich meinen Job!"
„Und mich mein Leben", entgegnete Brenner mit rauer Stimme.
Rita musterte Brenner erstaunt, als sie fragte: „Lesen Sie etwa auch Krimis?"
„Nein."
Dieses *Nein* jagte ihr einen frostigen Schauer über den Rücken. Der Mann flunkerte nicht! Rita atmete tief durch und sah in seine Augen. Eine Mischung aus Angst und Hoffnung lag in seinem Blick. Nein, keine Lüge. Lange sahen sie sich schweigend an. Ritas Gedanken arbeiteten. Er wartete.
Sie räusperte sich.
„Warten Sie hier. In ein paar Minuten bin ich zurück."
Brenner antwortete nicht, aber er ließ ihr Handgelenk los.
Rita ging.

Rita schaffte es tatsächlich, Klaus zu überreden, ihr zu helfen. Obwohl der möglicherweise nicht alles verstanden hatte, was Rita ihm in aller Eile erklärte, stellte er vorläufig sein Bereitschaftszimmer zur Verfügung und half ihr, den eigenartigen Patienten dorthin zu bugsieren. Zumindest waren sich beide darin einig, im Augenblick eine vertretbare Entscheidung getroffen zu haben. Morgen würde sich bestimmt alles aufklären. Davon waren sie beide überzeugt.

\\ //

„Ich mixe Ihnen einen Cocktail. Schlaf ist die beste Medizin. Vielleicht sollte ich Ihnen beim Ausziehen helfen. Sie müssen nicht in ihren Sachen hier schlafen", sagte Rita, als sie mit Brenner allein war.
„Nein!", entgegnete er entschieden. „Das geht schon."
Rita grinste, während ihr Blick über seine verwaschene Jeans glitt. Selbst Strümpfe und Schuhe hatte er an.
„Die Schuhe vielleicht?", fragte Rita.
„Später."
Sie schüttelte verständnislos den Kopf. Seine Unruhe, sein Misstrauen und eine Spur Angst waren geblieben. Rita wandte sich zum Gehen, doch Brenner hielt sie am Handgelenk zurück. Ein Lächeln huschte über sein

Gesicht.
„Was?", fauchte sie.
„Danke, Rita."
Sie seufzte und ging.

„Alles in Ordnung?", fragte Rita, als sie Anne im Dienstzimmer antraf.
„Ja, alles okay Boss. Der zukünftige Doktor Müller sitzt auf seinem Posten und strickt."
„Er macht was?"
„Er strickt einen Schal. Wirklich! Zwei rechts, zwei links."
Rita lachte und öffnete den Medizinschrank.
„Unser Sturzflieger hat Kopfschmerzen. Ich bringe ihm was. Waren die zwei Typen noch mal hier?"
„Nein, zum Glück nicht. Okay. Ich mache dann mal Anwesenheitskontrolle", meinte Anne müde.
„Perfekt."
Rita wartete, bis Anne verschwunden war. Rasch schnappte sie sich die Blumenvase und sprang damit um die Ecke. Zwei fremde Männer steuerten auf das Dienstzimmer zu. Rita hielt die Luft an und stellte sofort die

Vase zurück. Sie hatte keine Chance, unbemerkt an den Männern vorbei zu kommen. Es war zumindest nicht dieser Wolf mit seinem Begleiter. Der Mann hatte graues Haar und einen ebenso grauen Schnauzer. Er war nicht wesentlich größer als Rita und wirkte mager. Wache Augen blickten freundlich durch seine Brille. Er stellte sich mit dem Namen Schneider vor. Natürlich fragte er sofort nach Brenner. Schneider wies sich als Polizist aus. Diesmal sah sich Rita den Dienstausweis genauer an. Dann erzählte sie, dass bereits zwei Kollegen hier gewesen waren. Rita bemerkte Schneiders Unbehagen. Als sie ihm auch noch erzählte, dass die beiden Polizisten bereits überall im Gebäude nach Brenner suchen, nahm Schneider sein Telefon und ging ein Stück weiter. Rita konnte nicht verstehen, was er sagte. Der andere Mann, der mit Schneider gekommen war, stellte weitere Fragen.
„Wo ist Brenner jetzt?"
„Spurlos verschwunden. Vielleicht hat er sich in Luft aufgelöst. Ich weiß es nicht! Er hat sich nicht bei mir abgemeldet", antwortete Rita schnippisch.
Schneider lächelte charmant und nickte.
„Gut", meinte er dann zufrieden. „Brenner hat seine Verletzungen nicht überlebt. Geben Sie

niemanden Informationen über ihn. Absolut niemandem, auch wenn sie sich als Polizeibeamte ausweisen. Brenner ist tot und das ist besser so für ihn." Schneider blickte Rita eindringlich an. Er schien auf eine Antwort zu warten.
„Oh... okay...", entgegnete Rita irritiert.
Sie wagte nicht zu widersprechen. Sie wagte überhaupt nicht mehr, etwas zu sagen. Das war besser so für sie. Unzählige Gedanken schwirrten wirr durch ihren Kopf. Vergeblich versuchte Rita sie zu ordnen. Der Kopf begann plötzlich zu schmerzen. Die Männer gingen.
Ritas Fragen blieben.

Minuten später schlug Rita Hurtig die Tür hinter sich zu. Brenners Blick richtete sich sofort zu ihr. Sie gab ihm die Schmerztropfen und stellte die Vase ab.
„Nehmen Sie das bitte", sagte sie sporadisch.
„Was ist das?"
„Diese Tropfen werden Ihren Kreislauf stabilisieren. Dann geht es Ihnen gleich besser."
„Und das soll ich Ihnen glauben?"

Rita lächelte, als sie spitzfindig antwortete: „Ich bin die Einzige die Ihnen helfen kann und ich bin gerade im Begriff, Ihnen zu glauben."
„Kein Schlafmittel?"
„Kein Schlafmittel. Mit diesen Wundertropfen werden Sie vielleicht in zehn Minuten Tango tanzen können."
„Und wenn vielleicht nicht?"
„Misstrauen oder Angst?"
Brenner verzog die Mundwinkel zu einem Lächeln. „Beides."
„Wissen Sie, wer auf Sie geschossen hat?"
„Nein."
Er nahm das Medizingläschen, schluckte die Tropfen und verzog angewidert das Gesicht.
„Pfui."
Rita nahm ihm das leere Gläschen ab. Dann nahm sie die Blumenvase in die Hände. Vorsichtig ließ sie den Inhalt auf die Bettdecke gleiten.
„Stecken Sie sie ein. Ich möchte sie nicht anfassen."
„Misstrauen oder Angst?"
Rita lachte leise.
„Vorsicht."
Brenner schmunzelte, nahm die Pistole an sich und ließ sie unter der Decke verschwinden.
„Ich muss schleunigst verschwinden. Sie

wissen, dass ich hier bin", sagte er.
„Wäre es nicht eher sinnvoll, wenn ich Ihre Kollegen bitte, jemanden zu Ihrem Schutz zu schicken."
„Hm", machte Brenner geringschätzig.
„Sie wollen mir einen Dackel vor die Tür setzen lassen, wenn ein Rudel Wölfe im Anmarsch ist?"
„Also wissen Sie ja doch, wer auf Sie geschossen hat!", zischte Rita.
„Ich weiß, mit wem ich es zu tun habe. Das genügt."
Rita atmete tief durch.
„Hätte ich mich bloß nicht breitschlagen lassen, noch eine Nacht dranzuhängen", brummte sie.
Sie verschwieg, dass Schneider nach ihm gefragt hatte und was er gesagt hatte. Rita war ärgerlich, weil niemand ihre Fragen beantworte.
Brenner musterte Rita schweigend. Sie hatte es bemerkt. Eine Mischung aus Angst und Enttäuschung spiegelte sich darin wider. Dann senkte er den Blick und presste die Lippen aufeinander.
„Hier sind Sie in Sicherheit. Zumindest diese Nacht. In den OP Bereich kommt niemand rein. Sie sollten wirklich schlafen, damit Sie wieder zu Kräften kommen", sagte Rita

schließlich in die Stille.

„Sie haben viel für mich getan, Rita. Mehr, als ich erwarten konnte. Danke", entgegnete er leise.

Die Stimme des jungen Mannes klang so, als hätte er mit sich abgeschlossen. Das jagte Rita Angst ein. Sie wollte nicht, dass er ermordet wird.

Brenner sah ihr fest in die Augen. Sie konnte sich seinem Blick einfach nicht entziehen. Er war stärker, als sie sich eingestand.

„Okay. Ich nehme Sie nach Dienstende mit", versprach Rita.

Sie erschrak über ihre eigenen Worte.

Werde ich das wirklich tun können?

Sie sprang unvermittelt auf und ging eilig aus dem Zimmer.

Auf was habe ich mich nur wieder eingelassen?

Rita seufzte tief.

Es war kurz nach Mitternacht. Rita, Anne und der Medizinstudent ließen sich erschöpft auf die Stühle im Dienstzimmer gleiten und schwiegen sich eine Weile an.

„Das war verdammt knapp", sagte Anne

schließlich.

„Ihr wisst, dass ihr der absoluten Schweigepflicht untersteht", sagte Rita nachdrücklich.

„Ja", antworteten beide und nickten.

„Wenn dieser Wolf tatsächlich ein Kommissar ist, fresse ich `nen Besen", meinte der Student. „Ich könnte wetten, der hat auf Brenner geschossen."

„Jetzt wird mir einiges klar", sinnierte Rita.

„Ja! Zum Beispiel, dass Brenner auf´s Klo geflüchtet ist. Er hat die Tür zur Personaltoilette geknackt", kicherte Anne.

„Das doch beweist, dass er unbedingt hier raus wollte oder musste. Dass er tatsächlich Schiss hatte", sinnierte Rita weiter.

„Vielleicht hättest du dem Kerl gleich sagen sollen, dass er gestorben ist...", entgegnete der Student.

„Dann hätte dieser Wolf mit Sicherheit seine Leiche sehen wollen", meinte Rita.

„Und dann der Ärger mit der Klinikleitung. Nee. Es reicht so schon", entgegnete Anne.

„Das ist vielleicht `ne verrückte Nacht."

Der Student schüttelte den Kopf.

„Und sie ist noch nicht zu Ende", sagte Rita.

„Wir können nur hoffen, dass dieser Wolf mit dem furchtbaren Typ nicht wieder hier auftaucht. Also zumindest nicht vor Dienstende."

Dann wechselten sie das Thema.

Leises Gelächter und Kaffeeduft drangen aus dem Dienstzimmer. Der Zeiger der Uhr klackte und vermittelte das Gefühl, dass die Zeit verging.

Wie ein Geist schlich Rita nach Dienstende mit einem Rollstuhl in die erste Etage. Sie hatte, ohne es bei der Übergabe zu erwähnen, den Schlüssel zum OP Bereich mitgenommen. Vorsichtig sah sie sich um. Rita war allein. Rasch schloss sie die Tür auf und drückte sie hinter sich wieder zu. Lautlos huschte sie in das Bereitschaftszimmer. Der junge Mann namens Martin Brenner, dem Klaus freundlicherweise seine Liege überlassen hatte, öffnete sofort die Augen und sah zu ihr. Er sprach nicht. Aber sein Blick war eine einzige Frage.
Rita lächelte.
Anstatt ihm einen *Guten Morgen* zu wünschen sagte sie leise:
„Sie sind tot, Mister Bond."
„Man lebt nur zweimal", antwortete der ebenso leise und musste grinsen.
„Ich hatte Angst. Mir schlottern jetzt noch die

Knie. Keine Ahnung, was mein Chef mit mir macht, wenn das herauskommt...", sagte Rita und schob den Rollstuhl zu Brenner.
„Ihr Taxi, Herr Brenner. Steigen Sie ein. Ihre Medikamente habe ich in meiner Tasche."
„Geht es nicht auch ohne dem Ding?"
„Der Rollstuhl ist unauffälliger ...und auch viel schneller."
„Wohin?"
„Zu mir."
„Sie sind verrückt, Rita."
„So ist es. Haben Sie eine bessere Idee?"
„Erstmal schnell raus hier."
Ächzend schob sich Brenner in den Rollstuhl.
„Danke, Rita. Ich kann noch immer nicht glauben, dass Sie das alles für mich tun."
„Ich auch nicht! Ich hoffe, das ist alles nur ein Traum und in ein paar Minuten klingelt mein Wecker", schnaubte sie.
Rita öffnete vorsichtig die Tür und streckte den Kopf hinaus. Immerhin hatte sie sich schon umgekleidet und hier nichts mehr verloren. Klaus war nirgendwo zu sehen.
„Die Luft ist rein. Also los!"
Sie schob Brenner hinaus.
Die Gestalten spiegelten sich im Fensterglas. Eine Neonröhre flackerte. Es war still. Sie waren allein. Rita hatte Brenner gut in eine Wolldecke verpackt und der Student hatte

sein Basecap spendiert. Brenner hatte es tief in sein Gesicht gezogen. Eiligen Schrittes ging Rita zu den Aufzügen und drückte auf den Knopf.
Sie hörte Schritte.
Die Sekunden, bis der Aufzug endlich kam, waren lang. Doch Rita blieb erstaunlich ruhig. Sie senkte ihren Kopf, blickte nach unten und beobachtete den Flur. Der Aufzug kam.
Endlich!
Die Tür schob sich zur Seite. Rita glaubte, ihr Herz müsse stehen bleiben. Sie sah auf zwei Paar schwarze Schuhe unter schwarzen Jeans und beugte sich geistesgegenwärtig weit über ihren Patienten, damit diese beiden Männer sie nicht ansehen konnten. Die Kapuze ihrer Jacke fiel dabei über ihren Kopf. Schweigend schob sie den Rollstuhl an ihnen vorbei. Ritas Herz raste und das Blut schoss heiß durch ihren Körper. Ohne die Frau mit dem Rollstuhl zu beachten und ohne zu grüßen, gingen die Männer an ihnen vorbei. Ritas Hände zitterten, als sie den Knopf im Aufzug drückte. Wie starr stand sie, nun aufrecht, mit dem Rücken zur Tür und betete, dass diese sich endlich hinter ihr schließen möge. Sie tat es, langsam. Für Rita viel zu langsam, bevor sie sich wieder öffnete. Rita stockte der Atem.
Verflucht!

Hitze schoss durch ihren Körper. Schweißperlen traten auf ihre Stirn. Sie spürte die Angst, die mit eiskalter Hand nach ihrer Kehle griff. Sie wagte kaum noch zu atmen.

„Guten Morgen. Ah Schwester Rita. Haben Sie nicht schon längst Feierabend?"

Diese Stimme kannte Rita gut, auch wenn es sie nicht wesentlich beruhigte, dass Frau Dr Achtzehn neben ihr stand. Jedem anderen hätte sie gesagt: *Sie müssen mich verwechseln,* aber nicht ihr.

„Guten Morgen, Frau Doktor Achtzehn. Ich hatte nur etwas vergessen. Bin schon weg."

Der Mann im Rollstuhl rührte sich nicht.

„Ich kann Ihren Patienten für Sie mitnehmen. Wo soll er denn hin?"

„Danke für das Angebot, aber er ist ein Bekannter von mir und da möchte ich lieber selbst..."

„Aha. Verstehe", grinste die Achtzehn, was immer auch sie meinte, verstanden zu haben. „Also habe ich Sie sozusagen in flagranti erwischt."

„Sagen Sie das bloß keinem weiter, bevor ich ... ehm ... na ja, Sie wissen schon..."

„Keine Sorge. Ihr Geheimnis ist bei mir bestens aufgehoben. Aber zur Verlobung möchte ich mindestens eingeladen werden. Also, alles Gute und schönen Tag", verabschiedete sie sich, als Rita den Rollstuhl in das Foyer schob.

„Danke. Ihnen auch", sagte Rita und blies die aufgestaute Luft aus den Wangen. Ringsum war es still.

„Hey, alles okay mit Ihnen, Herr Brenner?"

„Du kannst Martin zu mir sagen. Wann ist die Verlobungsfeier?"

Rita schnaufte genervt.

Ich bin fast gestorben vor Angst und dieser Kerl ist tatsächlich schon zum Scherzen aufgelegt!

„Waren das die Männer?", fragte Martin.

„Ja. Ich hätte mir fast vor Angst in die Hosen gepinkelt", zischte sie.

Martin lachte leise.

„Taxis stehen vor dem Eingang", sagte Rita unbeirrt.

„Vergessen Sie das. Können Sie Auto fahren, Rita?"

„Nein! Was zum Teufel machen wir jetzt? Die sind uns ziemlich dicht auf den Fersen."

„Geben Sie mir was gegen die verfluchten Schmerzen. Dann besorgen wir uns ein Fahrzeug. Zu Ihnen nach Hause können wir auch nicht mehr."

„Sie fahren! Wohin, ist mir egal. Ich steige in die Straßenbahn und fahre zu mir nach Hause, lege mich in mein Bett und schlafe bis

heute Abend. Ende der Durchsage."
„Stehen Sie auf Sadomaso?"
„Sie sind ein… ein… Widerling! Seien Sie vorsichtig, sonst bringe ich Sie tatsächlich um."
Rita bemühte sich nicht, ihren Frust zu verbergen. Doch Martin grinste sie unverfroren an.
Dann sagte er: „Diese Männer, da im Aufzug, … einer von ihnen ist mein Mörder. Die kennen Sie. Sie wissen inzwischen, dass ich noch lebe. Und wenn diese Burschen zwei und zwei zusammenrechnen können, dann wissen sie auch, wem ich das zu verdanken habe. Die werden Sie mit Sicherheit in ihrer Wohnung erwarten und sie werden Sie garantiert nicht mit Samthandschuhen anfassen, Rita. Sie werden nicht locker lassen, bis Sie ihnen gesagt haben, wo ich bin."
Rita schluckte mühsam.
Sie lief schneller, steuerte quer durch das Foyer zur Notaufnahme. Sie rannte förmlich durch den Gang.
Warum zum Teufel tue ich das nur?, fragte sie sich ständig.
Aber sie fand keine Antwort darauf. Schwer atmend öffnete sie schließlich ihre Tasche und brach eine Fertigspritze von der Packung ab.
„Öffnen Sie ihre Hose. Intramuskulär wirkt es

schneller."
Martin tat, was sie verlangte. Rita gab ihm die Injektion.
„Ich habe Angst. Ich dachte, so was gibt es nur in meinen Büchern oder in den Krimis im Fernsehen", sagte sie schließlich leise.
„Leider nicht, Rita. Ein normaler Mensch erlebt das glücklicherweise auch kaum. Man erkennt Polizisten normalerweise nur an ihrer Uniform und einem Mörder, Dieb oder Terroristen steht das nicht auf der Nase geschrieben. Du kannst auf der Straße an ihm vorbei laufen und bemerkst es nicht."
„Und was sind Sie für ein Polizist, ohne Uniform?", knurrte sie.
„Pst. Das erzähle ich unterwegs. Die Zeit läuft."
Rita schob Brenner, durch den Ausgang der Notaufnahme, hinaus zum Parkhaus.
„Verbotene Wege", meinte sie. „Aber das ist nun auch egal. Der Personalchef wird mir eine Standpauke halten, bevor er mir den Hals umdreht", meinte Rita, während sie den Rollstuhl an den parkenden Autos vorbei schob.
Martin lachte leise.
Rita musste sich eingestehen, dass sie sein Lachen sehr mochte.
„Perfekt. Der graue VW Kombi da gefällt mir.

Ist unauffällig", sagte Martin.
„Sie wollen doch nicht etwa ein Auto klauen!", zischte Rita entsetzt.
„Kurzzeitig beschlagnahmen", sagte Martin.
In null Komma nix hatte er den Wagen offen, zog sich aus dem Rollstuhl auf und saß hinter dem Lenkrad. Er stöhnte. Rita wendete den Rollstuhl, während der Motor bereits brabbelte.
„Schnell! Einsteigen!", mahnte Martin.
Rita hatte wohl keine andere Wahl mehr. Erschöpft ließ sie sich auf den Beifahrersitz gleiten, schloss die Augen und seufzte leise. Langsam fuhr der VW an.
Martin blickte aufmerksam suchend um sich. Dann stoppte er. Rita öffnete die Augen und fragte leise: „Was ist?"
„Unsere beiden Freunde kommen heraus. Sie erscheinen mir nicht gerade erfreut zu sein über ihren Misserfolg."
Rita blinzelte zur Glastür des Haupteinganges und rutschte unwillkürlich tiefer in den Sitz. Brenner war tatsächlich mit dem gestohlenem Auto gefahren und parkte gerade hinter einer schwarzen BMW Limousine.
„Sie sind verrückt! Was tun wir hier? Nichts wie weg! Die Kerle sind uns auf den Fersen."
„So sind wir im Vorteil. Es ist immer gut, den Gegner im Auge zu haben, zu wissen, was er

tut und hinter ihm zu fahren, anstatt ihn im Nacken zu haben."
„Wir? Uns? Du!"
Martin blickte zu Rita. Das erste Mal schien er ihre Angst zu sehen.
„Das, was sich da entwickelt, ist mir eine Nummer zu groß", fügte Rita leise hinzu.
Martin presste die Lippen aufeinander und nickte.
„Du hast Recht, Rita. Ich habe dich da in was hineingezogen, in dem du nichts zu suchen hast. Sorry."
Rita lachte kurz auf.
„Ist das alles, was du dazu zu sagen hast? Ich hoffe für dich, dass du mich da auch wieder rausziehen kannst! Seit wann sind wir übrigens per du?", zischte sie, ohne Luft zu holen.
Martin lächelte. Kleine Grübchen erschienen neben seinen Mundwinkeln.
„Kann schon mal passieren, wenn man in einem Boot sitzt."
„Und was hast du jetzt vor?", fragte Rita ungläubig, als Martin Brenner den Wagen wieder anrollen ließ.
„Ich will wissen, wohin sie fahren."
„Wer zum Teufel bist du? Was bist du? Du erzählst mir, du arbeitest für die Polizei und flüchtest vor ihnen. In einem geklauten Auto!

Und weshalb sucht dich die Polizei überhaupt. Wer ist Schneider? Und weshalb haben sie dich umgebracht? Und wer ist dieser Wolf tatsächlich?", fragte Rita unwirsch und ohne Luft zu holen.
Martin schwieg zu den Fragen, die er ihr offensichtlich nicht beantworten wollte.
Seufzend schüttelte Rita den Kopf. Dann sah sie demonstrativ zur anderen Seite. Langsam wurde ihr bewusst, dass die Männer in eine ihr bekannte Richtung steuerten.
Martin folgte der Limousine über den Juri-Gagarin-Ring zum Leipziger Platz.
Verdammt!
Rita begann dieser Tatsache mehr und mehr Aufmerksamkeit zu schenken. Erst als sie, wie schon vermutet, in ihre Straße einbogen, rutschte Rita tief in den Beifahrersitz. Sie öffnete den Mund, als wollte sie etwas sagen.
Die schwarze Limousine fuhr langsamer und stoppte schließlich vor dem Eckhaus, in dem Rita wohnte.
„Das gibt`s doch gar nicht", flüsterte sie.
„Ich könnte wetten, dass du hier wohnst," bemerkte Martin beiläufig und fuhr langsam weiter.
Diesmal war sie es, die nicht antwortete.
„Du hast die Wahl. Entweder, ich bringe dich zur Polizei und du erzählst ihnen alles…"

Martin machte eine Pause, schaltete ächzend einen Gang zurück und schlug das Lenkrad nach rechts ein. Erst als der Wagen wieder in der richtigen Fahrspur war und er herauf geschaltet hatte, sprach er weiter: „...oder du vertraust mir."
„Tss! Was für eine tolle Auswahl. Gibt es nicht noch was Besseres?"
Martin grinste. „Außer mir? Nein."
„Aber sonst geht`s dir gut?", zischte Rita.
„Nein. Um ehrlich zu sein... beschissen. Ich habe Schmerzen und brauche medizinische Versorgung."
„Also gut. Du hast die Wahl. Entweder, du sagst mir sofort die Wahrheit und was du jetzt vor hast, oder deine nächste Spritze ist deine Letzte. Ich weiß wie das geht."
„Aus deinen Krimis?"
„Genau! Ich muss nur noch mal nachlesen, wie ich dich unauffällig verschwinden lasse."
Nun lachten sie beide.
Martin fuhr auf die Bundesstraße und verließ die Stadt in nördlicher Richtung. Rita schielte zu den Hochhäusern im Ried. Dort hinten wohnte ihre Freundin Kathrin. Rita wünschte sich genau in diesem Augenblick zu ihr.
Später, viel später, begann Martin zu erzählen.
„Ich bin Polizist, Rita. Das ist die Wahrheit.

Aber ich bin weder Streifen- noch Verkehrspolizist. Wir fahren zunächst zu meinem Bruder. Er wohnt auf einem alten Bauernhof. Dort sind wir vorerst auch in Sicherheit."
„Na wie romantisch. Ich habe nur drei Tage frei und nicht mal `ne Zahnbürste bei mir."
„Kein Problem. Zwecke hat Vorrat", grinste Martin.

Kapitel 2

Der Mann, der zweimal starb

Rita war alles egal. Sie war todmüde und längst auf dem Beifahrersitz eingeschlafen. Martin warf einen flüchtigen Blick auf seine Begleiterin und lächelte. Das Licht des anbrechenden Tages schimmerte bereits über das Land. Martin hatte die große Stadt in nördlicher Richtung verlassen. Die vierspurige Bundesstraße war mäßig befahren. Sanft stoppte Martin den grauen VW vor einer roten Ampel. Dann fuhr er langsam wieder an.
Rita rührte sich nicht.
Die Straße verjüngte sich, wenige hundert Meter nach der Ampelkreuzung, auf zwei Spuren. Der Verkehr vor ihnen staute sich allmählich hinter einem LKW. Martin folgte den Voranfahrenden, ohne eine Chance zu überholen. Er wirkte gelassen. Die Schmerzen schienen erträglich zu sein. Die Karawane schlängelte sich durch den nächsten Ort und weiter. In Greußen bog er schließlich zur Tankstelle ab, stoppte und stieg langsam aus dem Wagen. Rita blinzelte, als die Tür ins Schloss knackte. Wenige Minuten später stieg Martin wieder ein und startete. Noch in der

kleinen Stadt verließ er die Bundesstraße. Von nun an führte der Weg über holprige Landstraßen durch mehrere Dörfer. Die Sonne schien inzwischen. Ein sanfter Wind spielte mit dem bunten Laub am Straßenrand. Es wirbelte auf, als der graue VW vorbeifuhr und tanzte langsam wieder herab. Bewaldete Hänge tauchten auf. Der Herbst hatte sie mit seinen Farben verzaubert. Martin bog links ab. Die Straße stieg an, bog sich bald nach links, bald nach rechts, bevor sie bergab in ein kleines Dorf hinein führte. Martin bremste vorsichtig und ließ den Wagen langsam über das Kopfsteinpflaster rollen.
Rita rappelte sich seufzend im Sitz auf.
„Wo sind wir?"
„Gleich da", antwortete Martin.
Rita zog ihre Tasche herauf und umklammerte sie mit ihren Armen. Schweigend sah sie zum Fenster hinaus. Die Straße schlängelte sich durch ein breites Tal. Ein Bachlauf begleitete diese, durch die Wiesen, auf der rechten Seite des Weges. Die Hänge, die das Tal begrenzten, leuchteten in den verschiedensten Farbtönen. Die Sonne und der Wind erweckte das bunte Laub zum Leben. Nach jeder Biegung traten die Berge scheinbar zurück und gaben einen neuen, wundervollen Blick nach vorn frei. Rita sog

die Bilder dieser wunderschönen Landschaft förmlich in sich auf.
„Es ist schön", schwärmte sie.
„Ja", antwortete Martin.
„Es sieht aus, wie im Film."
Martin grinste.
Rita hüllte sich in Schweigen.
Das Tal wurde schmaler. Bäume und Dickicht tauchten am Straßenrand auf. Der kleine Bach auf der rechten Seite ergoss sich in einem Sumpfgebiet. Ein zerfallenes Haus stand direkt am Straßenrand. Die Fensterscheiben waren zerborsten. Es machte einen kläglichen Eindruck.
Kurz darauf tauchten mehrere kleine Häuser am bewaldeten Hang gegenüber auf. Rita kämpfte gegen die Müdigkeit. Im gleichen Augenblick tickte der Blinker des VW wie eine Zeitbombe. Martin bog nach links in einen Schotterweg ein. Zwischen alten Bäumen führte der Weg direkt in dichten Wald hinein. Das weckte Ritas Misstrauen erneut. Plötzlich war sie hellwach. Bevor sie fragen konnte, tauchte ein Haus auf. Nein, ein altes Gehöft. Martin fuhr durch die offene Toreinfahrt und hielt vor einem alten Fachwerkhaus an. Es lag weit ab von den anderen Häusern im Dorf. Rita sah sich skeptisch um, wagte aber nicht zu fragen.

Das Ende der Zivilisation, wo sich Fuchs und Hase eine gute Nacht sagen, dachte sie seufzend.
Drei große, schwarze Hunde kamen bellend herbeigelaufen. Ein alter Traktor parkte vor der Scheune. Martin öffnete die Tür. Die Hunde schienen ihn zu kennen. Er sprach sie an und streichelte die stürmische Bande, noch bevor er dazu kam auszusteigen. Dann hob er sich umständlich, unter Stöhnen, aus dem Sitz und schlug die Tür zu. Rita blieb unschlüssig sitzen und wartete.
Martin ging zur Scheune.
Das Tor stand offen und er verschwand darin.

Rechts oben bewegten sich Strohbündel. Zwei, drei kullerten vom Stapel herab auf den Mittelweg. Martin trat zur Seite. Das vierte flog auf ihn zu und warf ihn um. Er landete im Heu.
„Hey! Willst du mich umbringen?", rief er.
Zwischen den Strohbündeln erschien ein grinsendes Gesicht.
„Seit wann haut dich denn ein Strohbündel

um. Hey Alter. Schön dich zu sehen. Warte, ich komme runter."
Wenige Sekunden später tauchte die schmale Silhouette eines jungen Mannes vor Martin auf.
„Hallo Bruderherz", ächzte Martin mühsam.
Der Angesprochene trat aus dem Licht zu ihm in den Schatten. Er trug eine abgewetzte, alte Jeans, Pullover, Weste und hatte seine langen Haare mit einem Gummi im Nacken zusammengebunden. Er grinste noch immer und stemmte seine Hände in die Hüften.
„Na, Kleiner. Brennt`s mal wieder? Musst du wieder untertauchen oder haben sie dich mal wieder abgemurkst?", amüsierte sich der Kerl.
„Hilf mir mal auf, Zwecke. Ich bin gestern Abend erst operiert worden und noch nicht ganz standfest."
Zwecke reichte seinem Bruder lachend die Hand und zog ihn auf die Beine.
„Danke. Bist du allein?", fragte Martin.
„Klar. Was denkst du denn?"
„Also höre gut zu. Da draußen, vor der Scheune, steht ein konfiszierter VW. Den musst du umgehend zurück zum Krankenhaus nach Erfurt bringen."
„Geht klar. Und weiter?"
„Das erzähle ich dir drinnen im Haus. Eins

noch: In dem Auto sitzt noch jemand."
Zwecke zog mit einem fragenden Blick die Stirn in Falten.
„Das ist nicht dein Stil, Kleiner."
Martin nickte.
„Sie ist meine private Krankenschwester."
„Hey! Läuft da was?"
„Nein. Sie hat mir zur Flucht verholfen."
Martins Bruder lachte und machte eine zweifelnde Handbewegung. Sie gingen hinaus.

Martin öffnete die Autotür.
„Alles in Ordnung, Rita, Du kannst aussteigen", sagte er.
„Und die fressen mich nicht auf?"
Rita schielte skeptisch zu den Hunden, die um die beiden Männer schwänzelten.
„Keine Sorge. Wenn ich dabei bin, tun sie niemandem was. Hallo. Ich bin Steffen, Martins Bruder, und die Drei hier heißen Trick, Track und Dag. Das hat den Vorteil, wenn ich einen rufe, kommen sie gleich alle drei", lachte Steffen amüsiert.
Rita zwang sich ein Lächeln ab und stieg zögernd aus.

„Kommt rein!", forderte Steffen seine Gäste auf und ging voran. In der Wohnküche duftete es nach frisch gebrühten Kaffee. Rita ließ sich auf der Eckbank nieder und spürte die Müdigkeit an sich nagen, die sie leicht frösteln ließ. Martin goss Kaffee in die Tassen und setzte sich neben sie, während Steffen etwas zum Frühstück auf den Tisch brachte. Rita musterte den fremden Mann, der neben ihr saß, mit ihren müden Augen. Er war ihr in den letzten Stunden so vertraut geworden, dass sie sich auf eine eigenartige Weise zu ihm hingezogen fühlte. Sie wusste nichts von ihm. Martin sah zu ihr und ihre Blicke trafen sich. Das riss Rita aus ihren Gedanken.
„Der Kaffee ist gute Medizin", sagte er mit sanfter Stimme, so unnahbar sachlich.
Sie nickte verlegen und nahm die Tasse vorsichtig in die Hände. Die Wärme tat gut. Martin lächelte.

Steffen hatte, sofort nach dem Frühstück, den bestimmt schon vermissten VW auf seinen Transporter verfrachtet. Nun war er bereits damit auf dem Weg nach Erfurt. Martin hatte die Müdigkeit übermannt. Da er sich nun in Sicherheit glaubte, schlief er, tief und fest, auf der Couch im Wohnzimmer. Nur Rita konnte sich, trotz ihrer Müdigkeit, nicht von ihrer inneren Unruhe lösen. Wieder fröstelte ihr. Sie beobachtete den Schlafenden eine Weile. Dann sah sie sich im Haus um. Neben Küche und Wohnzimmer gab es ein Badezimmer. Sie staunte, wie groß es im Vergleich zu ihrem eigenen war. Sowohl Dusche als auch eine Eckbadewanne fanden darin Platz. Im Flur, gleich neben der Eingangstür, führte eine schmale Holztreppe in die obere Etage. Stufe für Stufe schlich Rita hinauf. Als eine der Stufen laut knackte, hielt sie inne. Vorsichtig nahm sie die letzten zwei. Drei Türen begrenzten den Flur. Durch ein Dachfenster drang Tageslicht. Darunter stand eine Bodenvase, die ein verstaubter Trockenstrauß zierte. Irgendwie roch es auch nach trockenen Kräutern und Staub. Leise öffnete sie die Türen, fand ein Schlafzimmer, ein Büro und einen Abstellraum. Vorsichtig ging sie die Treppe wieder hinab, wobei sie die Stufe, die geknackt hatte, mied. Martin schlief unbeirrt. Rita hörte seine gleichmäßigen Atemzüge. Sie entschloss sich, hinaus zu gehen. Leise schlich sie zur Tür und überwand ihre Angst vor den drei schwarzen Riesenschnauzern, die frei auf dem Hof liefen. Sie kamen sofort zur Haustür und beschnüffelten Rita. Zum Glück bellte keiner der Hunde.

„Na, ihr drei Bodyguards", sagte sie sanftmütig.

Die Hunde schienen sich offensichtlich zu freuen. Rita atmete ein paar mal tief durch. Die frische Morgenluft tat gut und belebte die müden Sinne, auch wenn sich der Geruch nach Schafen darunter mischte. Sie schlenderte über den Hof, schickte einen flüchtigen Blick zum Traktor und sah sich in der Scheune um.

„Wow! Was für ein schnuckliger Bauernhof."

Ihre Erkundungstour endete zunächst hinter den sich anschließenden Stallungen, an einer Gattertür. Die Tür war nicht verschlossen. Rita öffnete den Schieber und schloss ihn von der anderen Seite wieder. Sie überquerte den Schotterweg. Hier lichtete sich das Dickicht des Waldes. Sonnenlicht begrüßte Rita. Sie genoss die sanfte Wärme auf ihrem Gesicht. Sie folgte einem Trampelpfad, der im Bogen ein wenig anstieg. Er endete nur wenige Schritte weiter an einem Weidezaun. Die eingezäunte Wiese überzog den gesamten Hang, bis hinunter zur Straße. Zwischen einigen Sträuchern zeigten sich unzählige Wollknäule, die sich langsam durcheinander bewegten und in aller Ruhe grasten. Rita blieb stehen und beobachtete die Schafe. Von hier aus konnte sie auch ein paar Häuser des Ortes sehen.

Was für ein kleines Paradies mitten in Deutschland und gar nicht so weit weg von meinem Zuhause, dem Großstadttrummel, dachte Rita.

Und doch schien es ihr in diesem Augenblick, als wäre sie auf der anderen Seite der Welt. Der Herbst hatte die Blätter kunstvoll gefärbt. Die immergrünen Nadelbäume setzten beeindruckende Farbtupfer zwischen die bunten Laubbäume. Kein Künstler hätte dieses Bild schöner malen können, als die Natur selbst. Rita träumte vor sich hin, während sich die Hunde in ihrer Nähe nieder gelassen hatten und gleichfalls alles aufmerksam beobachteten. So bemerkte sie auch nicht, dass diese irgendwann aufsprangen und einem Wanderer, der den schmalen Pfad am Zaun entlang ging, entgegen liefen.

Erschrocken zuckte Rita zusammen, als sie ein fröhliches „Guten Morgen", aus ihren Gedanken riss.

Sie wandte sich um, zu der Person, zu der die Stimme gehörte und grüßte zurück.

„Ach, Sie gehören zum Baumerhof", stellte die ältere Dame fest, die Rita von oben bis unten,

musterte.
„Die Hunde kenne ich genau und sie mich."
Sie lachte.
„Sie sind auf Besuch?"
Rita gelang es nicht ganz, ihre Verwunderung zu verbergen.
„Baumerhof?", wiederholte sie wie in Trance.
„Ja, genau, zu dem der Weg führt. Die Wies`n gehört auch mit dazu und ein Stück Wald."
Die fremde Frau wies mit einer Geste ihrer Arme um sich.
„Er ist schon eine gute Partie, der Bursche, der Steffen. Aber er hat wohl bisher noch nicht die richtige Frau gefunden. Vielleicht liegt es ja an den Schafen. Er züchtet sie. Prachtvolle Tiere, nicht? Wollschafe sind das."
Die Dame grinste hintergründig.
„Ich wohne schräg gegenüber, direkt an der Straße. Raatsch ist mein Name, mit zwei a."
Sie lächelte noch hintergründiger und reichte Rita die Hand.
„Und Martin?", fragte Rita skeptisch, während sie der Frau die Hand gab.
Das Lächeln im Gesicht der Frau wich.
„Hat er Ihnen das denn noch nicht erzählt?", fragte sie skeptisch.
„Was? Wir kennen uns noch nicht lange."
Frau Raatsch wirkte einen Moment nachdenklich, als wollte sie sich die Worte erst

zurecht legen.

„Also, der Martin ist vor zweieinhalb Jahren tödlich verunglückt. Er hat zusammen mit dem Steffen das Heu eingebracht, als der Traktor am steilen Hang ins Rutschen kam. Hunderte Male sind sie da lang gefahren, über die Wies`n, aber an dem Tag...", sie schüttelte noch immer ergriffen den Kopf. „...hatte er keine Chance mehr. Der alte Traktor überschlug sich, der Junge flog zur offenen Tür heraus und wurde von dem schweren Gefährt zerquetscht."

Frau Raatsch schwieg und sah über die Wiese zu den Schafen.

Auch Rita schwieg.

Sie schluckte.

Augenblicklich fühlte sie ein unangenehmes Kribbeln unter ihrer Haut. Dass Martin auf diese tragische Weise ums Leben gekommen war, hatte sie ehrlich ergriffen.

Noch mehr die Frage: *Wer liegt da unten im Haus und schläft seelenruhig auf der Couch? Der Tote, der gerade vor einer Stunde noch quicklebendig mit ihr und einem gewissen Steffen Baumer, den er seinen Bruder nannte, am Frühstückstisch gesessen und ausgelassen gelacht hatte? Was spielt dieser Kerl für ein Spielchen mit ihr!?*

Tausende Gedanken und Fragen schossen ihr

gleichzeitig durch den Kopf. Rita spürte die Hitze darin, die sie aller Wahrscheinlichkeit nach puderrot verfärbte.
„Aber den Martin haben Sie gekannt?", fragte Frau Raatsch vorsichtig.
„Ich weiß nicht", antwortete Rita, noch immer gedankenverloren. „Ich glaube, er war mal ein Patient bei uns auf Station."
„Aha. Sind Sie Krankenschwester?"
Rita nickte. „Ja. Im Klinikum in Erfurt."
„Aha", sagte Frau Raatsch noch einmal und schien sich damit zufrieden zu geben.
Dann lächelte sie wieder.
„Na ja. Ich muss dann mal. Die Enkel kommen nach der Schule zum Essen. Vielleicht sieht man sich ja mal wieder. Ich würd` mich freu`n. Tschüss."
„Auf Wiedersehen."
Rita sah der Frau nach, die den Weg entlang ging, den sie gekommen war. Einen Moment lang begann Rita an sich zu zweifeln und wieder wünschte sie sich, dass sie ihr Wecker endlich zurückholen würde, aus diesem Albtraum. Martin war also tot. Nicht, dass sie das nicht schon gewusst hatte, aber nun kreisten ihre Gedanken um die Worte dieser Frau Raatsch.
Rita schickte ihren Blick über die Wiese zu den Wollschafen, die das alles nicht inte-

ressierte. Ihre Gedanken wandten sich nun in Richtung Flucht oder diesen Martin zur Rede zu stellen. Diese Gedanken jagten ihr Angst ein. Mehr und mehr wuchs darin der Hof zu einer Bedrohung, zu einer Falle, die jeden Moment zuschnappen konnte. Zwei junge Männer, die sie überhaupt nicht kannte und sie allein...

"Verflucht!", zischte Rita zu sich selbst.

„Meine Phantasie geht mit mir durch. Ab sofort werde ich keinen Krimi mehr anrühren. Ich schwör`s", sprach sie leise zu sich selbst.

Der Letzte, an dem sie gerade las, lag übrigens, zusammen mit ihrem Hab und Gut, auf der gemütlichen Eckbank in der Küche auf dem Baumerhof. Rita atmete tief durch, schob die Hände in die Jackentasche und griff nach ihrem Schlüsselbund, einer Packung Zellstofftaschentücher und einem Halsbonbon.

„Wenigstens was."

Ihr Entschluss stand fest! Einem Lügner sollte man nicht vertrauen und dieser Herr Brenner oder Herr Baumer oder Martin, oder wer immer der Mann war, hatte mehrmals gelogen.

„Haut ab! Nach Hause! Los!", rief sie zu den Hunden und scheuchte sie fort.

Die trotteten tatsächlich zurück.

Eiligen Schrittes, als befürchte sie verfolgt zu werden, marschierte Rita zur Straße.

Ein Kühler stoppte an der Tankstelle am Thüringenpark. Rita konnte es selbst nicht glauben, aber sie war tatsächlich zu dem fremden Mann in den LKW gestiegen. Sie hatte keine andere Wahl gehabt, um ohne Geld nach Hause zu kommen. Sie bedauerte fast, dass sie aussteigen musste. Der freundliche Fahrer hätte sie bestimmt auch noch bis vor die Haustür gebracht, aber Rita wollte ihn nicht fragen.

Der Fahrer grinste sie an. Seine Augen leuchteten aus dem runden Gesicht mit der Knollennase und dem Stoppelbart.

„Komm jut nach Heeme, Kleene", sagte er zum Abschied.

„Danke für`s Mitnehmen! Sie auch", sagte Rita, während sie die Tür öffnete.

Der Mann lachte.

„Klar. Mach ick doch imma."

Nun grinste auch Rita und sah zu dem Mann, der sie ihre Sorgen für eine Weile fast vergessen ließ. Sie stieg aus und warf die Tür zu. Der Kühler rollte weiter.

Rita verlor keine Zeit und setzte ihre Heimreise im Laufschritt fort. Es war Nachmittag geworden. Die Sonnenstrahlen kitzelten auf ihrer Nase und sie kam ins Schwitzen. Sie wollte nur eins: So schnell wie möglich nach Hause. Nur nach Hause!

Rita hatte die grimmigen Kerle nicht vergessen, die nicht nur Martin Brenner aus dem Weg räumen wollten. Die Männer, die wussten, wo sie wohnte. Die Straßenbahn, mit der Rita hätte fahren können, brummte an ihr vorbei. Ihre Monatskarte lag, zusammen mit den Papieren, ihrer Kreditkarte und dem Portemonnaie, in ihrer Tasche bei den fremden Männern, in dem fremden Dorf Seega.

Der Weg zu ihrer Wohnung war weit. Zu weit. Rita keuchte. Ihre Kräfte ließen nach und die Füße schmerzten. Dabei war sie erst an der Polizeidirektion. Sie sah flüchtig dorthin.

Sollte ich vielleicht lieber doch...?

Rita zögerte einen Augenblick. Dann lief sie weiter. Hier war alles Beton, da, wo einst Blumenfelder waren. `Die Blumenstadt` hatte man Erfurt genannt. In ihr stieg Wut auf, die sie voran trieb. Wut gegen Martin, den Mann mit dem ehrlichen Blick, dem sie getraut hatte.

Verfluchter Kerl! Lügner!
Rita schnaufte.
Ihre Schritte wurden langsamer. Sie konnte das Gefühl, auf der Stelle zu treten, nicht abschütteln. Als sie an dem kleinen Lebensmittelgeschäft an der Donaustraße vorbei kam, brannte ihre trockene Kehle wie Feuer. Sie sah die Getränkeflaschen direkt vor sich. Ein eigenartiges Gefühl beschlich Rita. Wieder kramte sie in all ihren Jackentaschen. Vergebens. Nichts. Kein Cent. Sie wandte sich um und schickte einen Blick zum Klinikum hinüber. Sie überlegte kurz und überquerte die Straße. Doch dann blieb Rita an der Straßenbahnhaltestelle stehen. Sie hatte einen Entschluss gefasst. Eine Bahn kam gerade.
Mit den anderen Menschen stieg sie ein. Ihr Herz raste vor Aufregung. Nur nicht erwischen lassen. Und wenn schon. Damit konnte man Leben. Nur nach Hause. Nur in Sicherheit. Als die Bahn auf dem Anger stoppte, sprang Rita als erste durch die sich öffnende Tür. Mit schnellen Schritten eilte sie am Kaufhaus vorbei und vorbei an den vielen Passanten. Ihr war heiß, als sie über den Leipziger Platz stürmte und schließlich in der Straße ankam, in der sie wohnte. Je näher Rita dem Haus kam, in dem sie ganz oben

wohnte, um so aufmerksamer blickte sie um sich. Unwillkürlich hielt sie Ausschau nach dem schwarzen BMW und wich jedem Mann aus, der ihren Weg kreuzte. Schließlich stand sie, nach einer Ewigkeit, wie es ihr schien, vor der Haustür.

Rita schloss auf und schlich sich mit letzter Kraft und pochendem Herzen die Treppe hinauf zum Dachgeschoss des Altbaues.

Sie keuchte.

An ihrer Wohnungstür angekommen, lehnte sie sich rücklings an die Tür und versuchte sich zu beruhigen. Sie lauschte. Es war still im ganzen Haus. Vorsichtig steckte Rita den Schlüssel in das Schloss und öffnete die Tür. Zu Hause, das war ihre kleine, gemütliche Mansardenwohnung. Zwei Zimmer, Dusche und WC, ganze achtundfünfzig Quadratmeter und alles unter den Dachschrägen. Diese Wohnung hatte ihr sofort gefallen, auch wenn sie nicht gerade billig zu haben war. Die gewohnte Umgebung und der vertraute Geruch taten gut. Rita sah sich um. Es war alles so, wie sie es gestern Abend verlassen hatte. So stark wie nie in den letzten Stunden spürte sie die Müdigkeit. Völlig erschöpft schlief sie auf ihrem Bett ein.

Rita Hurtig schreckte aus dem Schlaf, als es bereits dämmrig war. Ihr war so, als hätte es an der Wohnungstür geklingelt. Ihr Herz pochte schneller. Sie hielt den Atem an und lauschte. Es blieb still. Barfuß schlich sie zur Tür, lauschte und lugte schließlich durch den Spion.
Niemand zu sehen!
Vorsichtig öffnete sie die Tür einen Spalt, den eben die Sicherungskette zuließ. Schnell schloss Rita sie wieder, lehnte sich mit dem Rücken dagegen und atmete ein paarmal tief durch. Sie hörte Martins Warnung, wie ein Hirngespinst in ihrem Kopf. Obwohl sie ihn für einen Lügner hielt, siegte schließlich ihre Angst, die Rita erneut zur Vorsicht mahnte. Rasch verschwand sie im Badezimmer, wusch sich auf die Schnelle, putzte die Zähne und ...
Verflucht! Ich habe überall das Licht angeschaltet!
Wenn jemand ihre Wohnung beobachtete, dann würde der spätestens jetzt wissen, dass sie hier war. Rita beeilte sich, mehr als ohnehin schon. Da war sie wieder, die pure Angst, die ihr einen Schauer über den Rücken jagte, als ob jemand nach ihr griff. Ihr Herz pochte, wie die Fäuste der Killer, gegen ihre Wohnungstür. Nein!

Es war nur der Widerhall in ihren eigenen Ohren. Rita warf eine kleine Reisetasche auf ihr Bett und packte wahllos Jeans, Pullover und Unterwäsche hinein. Währenddessen atmete sie so hastig, wie sie packte. Die Müdigkeit war wie weggeblasen. Dann griff Rita zum Telefon und hielt inne. Kathrins Nummer war eingespeichert, aber dennoch zögerte Rita, sie zu wählen. Sie schüttelte den Kopf und legte das Telefon wieder weg. In ihren Krimis gab es zu oft Wanzen.
Wer weiß?
Die Zeit, auf Nummer sicher zu gehen, blieb nicht. In aller Eile schüttete sie Kleingeld aus einer Blechdose und steckte es ein. Eilig verschwand sie durch die Wohnungstür. Im Treppenhaus begegnete ihr niemand. Rita holte tief Luft und verließ das Haus.
Es war inzwischen finster geworden. Das warme, gelbe Licht der Straßenlaternen beunruhigte sie. Es ließ zu viele Dinge im Dunkel verborgen. Zügig ging sie die Straße entlang. Sie wagte nicht, sich nach der schwarzen Gestalt umzusehen, die hinter ihr aufgetaucht war. Als sie den Leipziger Platz erreichte, sah sie bereits eine Straßenbahn heranfahren. Rita lief noch schneller und kam etwa zu gleicher Zeit mit der Bahn an der Haltestelle an. Sie stieg ein. Die Türen

schlossen automatisch. Rita atmete erleichtert auf. Die erste Hürde war geschafft.

Der Mann, der suchend an der Haustür stehen blieb, kam zu spät. Er drückte auf die Klingel, an der der Name R. Hurtig stand. Steffen Baumer wartete vergebens. Es schien tatsächlich niemand zu Hause zu sein. Irgendwann gab er schließlich auf und stieg in seinen Transporter.

Rita fuhr mit der Straßenbahn zum Anger. Sie nahm den gleichen Weg wie gewöhnlich zum Dienst. Heute sah sie aufmerksam zum Fenster hinaus. Am Fischmarkt betrachtete sie die Statue des Heiligen Martin und verzog die Mundwinkel.
Du und heilig!?, dachte sie.
Die Straßenbahn fuhr weiter zu den alten Fachwerkhäusern am Domplatz, weiter durch die Andreasstraße und schließlich in die Nordhäuser Straße. Sie sah die Lichter der Klinik, aber sie stieg nicht aus. Im Norden der Stadt flimmerten tausende Lichter aus den Betonblöcken und Hochhäusern. Rita wollte

in das Rieth, den Stadtteil, in dem ihre Freundin Kathrin wohnte. Am Thüringen Park stieg sie aus. Sie konnte den rotgrauen Block, in dem Kathrin wohnte, bereits sehen. Viele der Fenster waren erleuchtet. Licht, Menschen und Wärme gab es hier. Draußen war es kalt geworden. Verdammt kalt. Rita fror. Sie zog den Reißverschluss ihrer Steppjacke bis zum Hals zu und ging schneller. Wenige Minuten später stand sie vor der Eingangstür des Siebzehngeschossers.

Kathrin Engel, Ritas Freundin und Kollegin, wohnte im zweiten Stockwerk. Sie hatte Rita einmal erzählt, dass sie den Aufzügen niemals traut. Rita lächelte schwach, als sie den Finger auf den Klingelknopf drückte.

Kathrin hatte es sich längst, im Schlafanzug vor dem Fernseher, gemütlich gemacht. Ihre Lieblingsserie hatte gerade begonnen und niemand in der Welt durfte es wagen, sie zu stören. Nicht einmal ein Erdbeben. Deshalb warf sie auch wütend ihre Salzstange zurück in die Tüte, als es an der Wohnungstür Sturm klingelte. Unnachgiebig und nervend.

Wer zum Kuckuck ist dieser Idiot!?
Schnaufend lief sie zur Tür und sah durch den Spion. Ja, dieses schräge Gesicht kannte Kathrin.
„Hey! Wo kommst du denn um diese Zeit her?", empfing sie Rita, nicht gerade freundlich, als sie die Tür aufriss.
„Von zu Hause."
Kathrins Blick glitt über Ritas Gestalt und blieb an der Reisetasche hängen.
„Kann ich bei dir schlafen?", fragte Rita ohne Umschweife.
Kathrin war offensichtlich verwundert.
„Komm erst mal rein", entgegnete sie schon etwas versöhnlicher.
Sie schloss die Tür hinter Rita, die sich vollkommen erschöpft an die Wand lehnte und die Tasche fallen ließ.
„Was ist denn passiert? Steht deine Wohnung unter Wasser oder ist das Dach weggeflogen?" Kathrin lachte. „Ich koche uns Tee."
„Weder noch", antwortete Rita und löste sich von der Wand.
Sie folgte Kathrin in die Küche und lehnte sich an den Türrahmen.
„Der Patient ist geflohen, kollabiert und um ein Haar hätte ich noch einen Exitus gehabt."
„Und das hat dich so mitgenommen?"
„Es war der Zugang von gestern Abend."

„Kann vorkommen."
Kathrin zuckte mit den Schultern, während sie die Tassen aus dem Schrank holte.
„Er ist tot!", schrie Rita fassungslos.
Kathrin ließ die Arme sinken und sah Rita mehr als entsetzt an.
„Die Polizei war da. Sie haben ihn gesucht. Aber die waren auch die Killer. Eiskalt! Und dann kamen andere Polizisten, die befahlen mir, allen zu sagen, dass er tot ist, weil das besser für ihn wäre."
Rita redete hastig, sodass Kathrin Mühe hatte, ihren Ausführungen zu folgen.
„Wir sind abgehauen. Heute Früh haben sie uns gesucht und wir haben sie verfolgt. Sie wissen jetzt, wo ich wohne, Kathrin!"
„Wer ist vor wem abgehauen? Und wer weiß jetzt, wo du wohnst?"
„Ich bin mit Brenner abgehauen, denn die Polizisten wollten ihn umbringen. Kathrin, die wissen jetzt, wo ich wohne! Ich kann nicht mehr nach Hause. Wenn die mich erwischen, dann bin ich tot!", piepste Rita.
Kathrin schüttelte verständnislos den Kopf.
„Du spinnst."
„Nein!"
Weshalb glaubt sie mir denn nicht!
Rita blickte Ihre Freundin flehend an.
Kathrin holte tief Luft und brühte den Tee.

„Okay. Machen wir es uns gemütlich und dann erzählst du mir alles, aber bitte der Reihe nach, zum Mitdenken."
Rita folgte Kathrin wortlos in das Wohnzimmer und ließ sich auf die Couch gleiten.
Kathrin stellte die Tassen auf dem Tisch ab und setzte sich, ein Bein unter den Hintern, in ihren Sessel. Ihre Lieblingsserie im Fernsehen war jetzt unwichtig. Sie stellte den Ton ab.
„Du siehst schon ziemlich mitgenommen aus. Vielleicht solltest du dich lieber ein paar Tage aus dem Verkehr ziehen lassen", meinte sie besorgt.
„Ich muss verschwinden. Untertauchen. Mich am besten in Luft auflösen. Was soll ich nur tun?"
Hilflos verzog Rita das Gesicht.
„Rita, du erzählst mir jetzt erst einmal alles in Ruhe und der Reihe nach. Dann werden wir sehen. Du kannst bleiben, so lange du willst."
Rita tat das.
Kathrin schüttelte immer wieder ungläubig den Kopf. Sie verkniff sich sogar am Ende ihrer Ausführungen die Lästerei über Ritas Vorliebe für Krimis. Die Geschichte klang zwar unglaublich, jagte aber auch Kathrin einen Angstschauer über den Rücken. Ritas Blicke waren Beweis genug, dass sie sich das nicht einfach zusammengesponnen hatte.

„Vielleicht ist es ja doch besser, die Polizei anzurufen", sagte Kathrin mitfühlend.
„Ich denke, die können dich am besten beschützen."
Rita sah zu Kathrin und schüttelte entschieden den Kopf.
„Ich kann niemandem mehr trauen. Nicht mal der Polizei. Du hättest sie sehen sollen."
Dann blickte Rita an Kathrin vorbei. Abwesend fixierte sie einen imaginären Punkt an der Wand.
„Hey. Ich will dir helfen."
„Danke. Lass mich einfach nur bei dir schlafen."
Auf Kathrins Gesicht erschien ein mitleidiges Lächeln.
„Mach dir keine Sorgen, Rita. Morgen, wenn die Sonne aufgeht, sieht die Welt wieder ganz anders aus."
Rita war diesbezüglich anderer Meinung. Sie ließ sich tief in die Polster sinken und starrte abwesend in den Fernseher. So musste sie dann auch irgendwann eingeschlafen sein.

Als Rita am nächsten Morgen aufwachte,

drehte sie vorsichtig den Kopf. Irgendwie hatte sie falsch gelegen. Es zog im Genick. Aber das war ihre geringste Sorge. In der Küche lief leise Radiomusik und Kaffeeduft schwebte zu ihrer Nase. Rita schloss die Augen, nur für einen Augenblick, um diese Harmonie zu genießen. Dann erhob sie sich und schlenderte langsam zur Küche.
„Guten Morgen, Kleines. Na? Gut geschlafen?", fragte Kathrin fröhlich.
„Guten Morgen. Ja. Danke. Hab´ mir nur irgendwie den Hals verdreht."
Rita strich sich über den Nacken und drehte dabei vorsichtig den Kopf.
„Sieht man. Du siehst ganz schön zerknittert aus. Waschen und bügeln. Das Bad ist frei. Frühstück ist gleich fertig."
Kathrin grinste.
„Wie kann ich das jemals wieder gutmachen?", murmelte Rita.
„Lass endgültig die Finger von den Krimis. Wie sieht er übrigens aus, dein Toter?"
„Außergewöhnlich gut. Gesunde Gesichtsfarbe und freche Sprüche auf den Lippen."
„Den solltest du dir vielleicht doch besser warm halten", meinte Kathrin.
„Er ist ein Lügner! Wer braucht schon so was."
„Das sind sie doch alle, Schätzchen", grinste

Kathrin.

„Ach hör auf!", fauchte Rita.

Sie winkte ab und schloss die Badezimmertür von innen.

Endlich duschen und das ausgiebig. Sie genoss es, vergaß für einen Moment ihre Sorgen und ihre Angst. Als Rita das Wasser ausgedreht hatte, hörte sie die Klingel. Sie schlang das Duschtuch um sich und rubbelte ihr Haar. Eine männliche Stimme sprach mit Kathrin. Rita hielt kurz inne und lauschte. Die Stimme kam ihr unverkennbar bekannt vor und jagte ihr sofort wieder Angst ein. Eisige Hitze schoss blitzartig durch ihren Körper. Es fühlte sich an, als ob gerade tausende Ameisen an ihr hoch krabbeln, bis in die Haarspitzen. Alles, was sie verstehen konnte, war der Name Wolf und die Frage nach einer Schwester Rita. Das genügte.

Rita schnappte nach Luft.

Die Stimme wurde gedämpfter, nachdem Kathrin mit dem Mann ins Wohnzimmer gegangen war. Dann hörte Rita so gut wie nichts mehr. Kathrin musste die Tür geschlossen haben. Mit zitternden Händen griff sie zu ihren Sachen. In Windeseile zog sie sich an. Tausende Gedanken schossen ihr in diesem Augenblick durch den Kopf.

Vielleicht hätte der Albtraum ein Ende, wenn

ich hinaus gehen würde und diesem Wolf das sage, was er wissen wollte.
Aber dann tauchten die Bilder der Nacht wieder vor ihr auf. Martins angstvoller Blick. Seine warnenden Worte. Rita zweifelte nicht daran, dass der Mann gefährlich war. Sie hatte Angst vor ihm.
Und Martin?
Sein Blick verfolgte Rita. Sie wollte ihn nicht verraten. Sie wollte nicht, dass er ermordet wird. Sie wollte ihn wiedersehen. Warum war sie nur so blöd gewesen, Hals über Kopf, davonzulaufen?
In Strümpfen und mit nassem Haar schlich Rita über den kleinen Flur. Während sie angestrengt lauschte, griff sie nach Jacke und Schuhen. Rita hörte die Stimmen, konnte aber die Worte nicht verstehen. Sie hielt den Atem an und öffnete die Wohnungstür einen Spalt. Nur kein Geräusch machen, das ihre Anwesenheit verraten hätte. Rasch schlüpfte sie hinaus und drückte die Tür vorsichtig zu. Dann schnappte sie nach Luft. Ihr ganzer Körper war gespannt wie eine Bogensehne. Rita überlegte kurz.
Wahrscheinlich wartet Wolfs Begleiter unten vor der Eingangstür, dachte sie.
Wenn ich nach oben gehe, würde ich vielleicht in der Falle sitzen, überlegte sie weiter.

Also hastete sie in den Keller.
Dort, in einer geschützten Ecke, verschnaufte Rita. Nicht nur ihre Knie zitterten. Sie kroch in ihre Schuhe und zog die Jacke über. Dann sah sie sich um. Rita kannte sich einigermaßen aus. Dennoch stand sie, vielleicht zwei Minuten später, vor einer verschlossenen Tür.
„Mist", fluchte sie leise und rannte zurück.
Ein gekipptes Fenster erregte ihre Aufmerksamkeit. Rita kroch hinaus und stand schließlich auf der Straße. Von weitem sah sie den schwarzen BMW und lief davon.

Ritas Herz klopfte so heftig, als hätte sie einen Marathonlauf hinter sich. Rita rannte. Wohin, wusste sie zunächst selbst nicht. Sie hatte nur das bei sich, was sie auf dem Leibe trug. Allmählich hatte sie ihre Sachen auf der Flucht verteilt. Nach Hause wagte sie sich nicht noch einmal. Ihre Kräfte ließen nach. Rita lief langsamer. Die Füße schmerzten furchtbar. Der Weg nahm kein Ende. Sie mied die große Straße. Unwillkürlich steuerte sie auf die Klinik zu, ihrem zweiten Zuhause, wie

sie es scherzhaft nannte. Denn dort gab es eine Möglichkeit, sich zu verstecken. Dort war es warm, es gab Waschräume, Betten und vielleicht auch etwas zu essen. Bei diesem Gedanken stellte Rita erschrocken fest: *Ich bin Obdachlos!*
Der nächste Gedanke galt dem Studenten Müller, der Schwesternschülerin Anne und auch Klaus, die in diese Sache eingeweiht waren und geholfen hatten.
Mein Gott. Wie soll das noch enden?
Rita keuchte.

Klaus hatte Bereitschaftsdienst. Rita wusste das. Im OP gab es wie immer viel zu tun. Das Programm lief auf vollen Touren. Im Bereitschaftszimmer wartete sie auf ihn. Klaus ließ sich erst gegen Abend dort blicken. Er sah müde aus, als er die Tür öffnete. Diese Müdigkeit wich einem Lächeln, als er Rita auf seiner Liege erspähte. Langsam stellte er seine Tasche ab. Rita schreckte auf und starrte Klaus mit großen Augen an.
„Willkommen Schneewittchen! Ziehst du jetzt doch bei mir ein?", grinste Klaus.

„Nur vorübergehend", meinte Rita missmutig und setzte sich auf.
„Wie spät ist es eigentlich?"
„Viertel nach fünf", antwortete Klaus.
„Früh oder abends?"
Klaus lachte amüsiert.
Schließlich schloss er die Tür von innen und setzte sich zu Rita.
„Dich hat`s ja ganz schön aus der Bahn geworfen. Überarbeitet, definitiv, oder hat dir die seltsame Nachtbekanntschaft deine Sinne verdreht?"
Rita seufzte.
„Wenn das nur so einfach wäre. Kann ich vorerst bei dir bleiben, Klaus?"
Ein breites Grinsen erschien erneut auf Klaus Gesicht.
„Du könntest immer bei mir bleiben. Dann könnten wir öfter ein Glas Rotwein gemeinsam trinken."
„Vergiss es", murmelte Rita.
„Warum?"
„Ach, ich bin heute nicht zum Scherzen aufgelegt. Ich habe Angst, Klaus. Ich habe furchtbare Angst und ich weiß nicht, was ich tun soll."
Rita sah ihm in die Augen.
Er nickte.
„Okay. Schieß los."

Rita erzählte ihm alles, so wie Kathrin am Abend zuvor. Sie erzählte auch, dass Wolf bei Kathrin aufgetaucht war und dass sie ihm nur um Haaresbreite entwischt war.
„...und nun bin ich hier", beendete sie ihren Bericht.
Unwillkürlich knurrte ihr Magen. Seit gestern Vormittag hatte Rita nichts mehr gegessen.
Klaus nahm Rita in den Arm. Er war groß und kräftig und trug sein Haar drei Millimeter kurz. Klaus bezeichnete das als die praktischste Frisur überhaupt und vertrat scherzhaft die Meinung, dass diese dienstlich angeordnet werden sollte. Rita tat es gut, seine Nähe zu spüren, seine Wärme, sein Verständnis. Auf Klaus war immer Verlass, auch wenn er vieles nicht so ernst betrachtete, wie es vielleicht sein sollte. Aber genau das war es. Er ging lachend durch die Welt und verstand es, andere damit anzustecken. Nun schwieg Klaus einfach. Er schien zu überlegen.
„Ich besorge dir zuerst mal was zu essen. Dann überlegst du dir, ob du dich mit dem Gedanken anfreunden kannst, diese Nacht mit mir zu schlafen. Ich meine, es gibt nur eine Liege. Ich schnarche dafür auch extra leise."
Ein Lächeln huschte über sein Gesicht.
„Morgen kommst du mit zu mir, nach Hause.

Hier kannst du auch nicht lange hausen. Irgendwann kommt es mit Sicherheit raus oder deine Freunde besitzen logisches Denkvermögen und sind schneller hier, als du denkst."
Rita nickte.
„Danke", wisperte sie mit tränenerstickter Stimme.
Sie lehnte ihren Kopf an seine Schulter. Dann spürte sie ihre lautlosen, heißen Tränen über die Wangen rollen. Die Bilder vor ihren Augen verschwammen. Rita spürte, dass Klaus sie fester an sich drückte. Er hatte sie nicht mit Floskeln getröstet und sie war ihm so dankbar dafür. Eine Weile saßen sie schweigend beisammen, bevor Klaus Rita schließlich vorsichtig losließ und sich erhob. Er sah auf die Uhr. Fast eine Stunde war vergangen.
„Ich organisiere uns beiden etwas zum Dinner. Hab` jetzt auch einen Bärenhunger. Bin gleich zurück."
Mit diesen Worten verließ Klaus das Zimmer und schloss leise die Tür.
Etwa zehn Minuten später kam er mit belegten Brötchen und Schokomuffins zurück. Rita hatte inzwischen Kaffee gekocht. Sie aßen gemeinsam. Dann wurde Klaus in den OP gerufen. Ein Motorradunfall. Er blieb lange weg. Draußen war es inzwischen längst

dunkel geworden. Rita versuchte sich mit Illustrierten abzulenken. Sie hatte die Leselampe angeschaltet. Kurz vor Mitternacht kuschelte sie sich allein in die Decke. Sie fand keine Ruhe und keinen Schlaf. Die Gedanken schwirrten im Kopf umher und immer wieder tauchten die angstvollen Augen des jungen Mannes vor ihr auf. Martins Augen. Sie logen nicht. Irgendwann musste Rita schließlich doch eingeschlafen sein. Sie wurde halb wach, als sie jemand zur Seite schieben wollte. Rita rutschte freiwillig zur Wand und Klaus zog die Decke über sie beide.
„Gute Nacht", flüsterte er.
"Hmhm", murmelte Rita im Schlaf.

Am anderen Morgen riss der Wecker die beiden unbarmherzig aus dem Schlaf. Klaus fluchte und drückte ihn aus.
„Noch fünf Minuten", maulte er kaum verständlich. Auch Rita wachte auf und fand sich in seinen Armen wieder. Es war ihr peinlich. Sie drehte sich um, wobei sie sich ihm entwand. Klaus streckte sich, sodass die Liege gefährlich knackte. Dann sprang er mit einem

Satz auf.
„Guten Morgen", sagte Rita.
„Hey! Guten Morgen mein Darling. Wie war die Nacht?", scherzte Klaus mit einem schelmischen Grinsen auf den Lippen.
„Verdammt heiß. So habe ich lange nicht geschwitzt."
„Aber nur, weil du ständig die Decke geklaut hast. Ich konnte dich gar nicht mehr darunter finden."
Rita lächelte ein wenig verlegen.
„Du siehst bezaubernd aus, wenn du lächelst", bemerkte Klaus.
„Charmeur. Das sagst du doch allen."
„So ist es."
Klaus schnappte seinen Waschbeutel und machte sich, fröhlich pfeifend, auf den Weg zur Dusche. Rita sah ihm nach, atmete tief durch und rekelte sich. Als sie selbst, mit nassem Haar und nach männlich herben Duschgel duftend, von der Dusche zurück schlenderte, roch es schon verführerisch nach Kaffee. Mit Schwung schloss sie die Tür vom Bereitschaftszimmer. Die frische Morgenluft schlug ihr durch das weit geöffnete Fenster entgegen und ließ sie einen Augenblick frösteln. Rita schloss das Fenster. Als sie sich umwandte, fiel ihr Blick genau auf einen Mann, der neben der Tür stand. Es war nicht

Klaus!
Rita starrte ihn an.
Im Kopf begann es zu hämmern. Die Angst lähmte sie und lähmte auch ihre Zunge.
„Du hast etwas vergessen. Vielleicht brauchst du das noch", sagte Martin nüchtern.
Er hielt ihre Tasche in der Hand. Rita vermochte sich noch immer nicht aus ihrer Starre zu lösen. Martin wirkte ernst. Eine Spur Enttäuschung lag in seiner Stimme und sein Lächeln suchte sie vergebens. Sie wusste nicht warum, aber es tat weh.
„Viel Glück", fügte er hinzu und wandte sich zum Gehen.
„Danke", krächzte Rita leise.
Es kam ihr nur mit viel Mühe über die Lippen. Die Tür öffnete sich und Klaus erschien. Er trug ein Tablett in der Hand.
„Zimmerservice", rief er fröhlich.
„Belegte Brötchen mit Marmelade oder..."
Klaus vollendete den Satz nicht, als er bemerkte, dass der Patient von Vorgestern vor ihm stand.
„Oh! Hallo. Wie geht`s unserm Patienten? Muss der Verband gewechselt werden?"
Klaus grinste und löste die Starre dieser Situation mit seinem trockenen Humor.
„Verbandswechsel", nickte Martin. „Eine gute Idee."

„Kein Problem. Auch `n Kaffee?"
Martin zögerte einen Augenblick.
„Milch? Zucker?", fragte Klaus.
„Beides", antwortete Martin schließlich.
„Okay."
Klaus goss Kaffee ein und stellte die große Tasse zu den anderen zwei. Mit den Worten: „Bin gleich wieder da", verschwand er wie ein Wirbelwind.
„Setzen Sie sich doch, Herr Brenner."
Ritas Stimme schien ihr nicht gehorchen zu wollen.
Martin hob den Blick und sah ihr eindringlich in die Augen.
Er schwieg.
Keine Frage.
Kein Vorwurf.
Rita hätte sich am liebsten in Luft aufgelöst. Wie hypnotisiert starrte sie Martin noch immer an. Martin senkte den Blick und setzte sich.
„Es tut mir leid", sagte Rita leise.
Ihre Stimme klang unwirklich, als hätte sie es nicht selbst gesagt.
Martin schien es zu ignorieren.
„Hast du ihm alles erzählt?", fragte er.
„Ja", gestand sie.
„Gut", sagte Martin.
Seine Meinung überraschte Rita. Sie betrach-

tete ihn aufmerksam und direkt. Martins Gesichtszüge erschienen müde. In Rita stieg plötzlich Mitleid auf. Sie schämte sich.
Hoffentlich bemerkt er es nicht, dachte sie.
Klaus kam, wie eine Erlösung, zurück. Er hatte einen großen Teller dabei.
„Das Frühstück! Die Cafeteria ist für den Rest des Tages ausverkauft", grinste er.
„Bitte, Herr Brenner. Greifen Sie zu! Ein Geschenk des Hauses."
„Danke", antwortete der.
Martin musterte Klaus mit dem Anflug eines Lächelns. Dann griff er nach der Kaffeetasse.
„Die Wunde macht dir noch ganz schön zu schaffen. Ist noch zu früh für`n Einsatz", bemerkte Klaus.
„Hmhm. Einen Krankenschein gibt`s nicht."
Klaus lachte leise.
„Das kenne ich irgendwoher."
Rita schlürfte am Kaffee, auch, um nichts sagen zu müssen. Ihr Blick blieb an Martins Weste hängen, an der schwarzen Weste, und sie war sich ziemlich sicher, dass darin auch seine Pistole hing.
„Was wollen Sie hier, ehm, hier in der Stadt?", fragte Rita schließlich.
„Meinen Auftrag zu Ende bringen."
„Was für einen Auftrag?", fragte Rita erstaunt.
Auf Martins Gesicht erschien ein unerwartet

freches Lächeln, welches seine Grübchen an den Mundwinkeln erscheinen ließ.
„Wenn ich dir das sage, Rita, müsste ich dich töten."
Martin blieb beim Du.
Klaus grinste, auch über Ritas entsetztes Gesicht. Es sprach Bände.
Rita war wütend.
„Was ist mit Martin Brenner passiert? Vor zwei Jahren?"
„Bin ich tatsächlich so interessant für dich?"
Rita spürte, dass sie rot anlief.
„Ich will es wissen!", antwortete sie herausfordernd.
„Er ist tödlich verunglückt."
„Du hast mich also angelogen. Und Steffen ist gar nicht dein Bruder!", fuhr sie ihn an.
„Steffen ist mein Halbbruder."
„So! Und wer bist du?"
„Martin Brenner", antwortete Martin, ohne zu zögern.
Rita starrte ihn fassungslos an. In ihrem Kopf arbeiteten die Zellen angestrengt, während sie ihr Innerstes aufwühlten. Der Mann, der ihr gegenüber saß, sah sie mit seinen dunklen Augen an und lächelte schwach. Dann trank er vom Kaffee.
Klaus schwieg und kaute genussvoll sein Käsebrötchen.

„Warum?", fragte Rita schließlich.
Martin schüttelte entschieden den Kopf und stellte die Tasse ab. Sein Lächeln war verschwunden.
„Nein, Rita."
Dieses *Nein* konnte Rita nur schwer akzeptieren.
Klaus erhob sich.
„Die Arbeit ruft. Du kannst ihm den Verband im Gipsraum wechseln. Der ist frei."
„Ich?", fragte Rita entsetzt.
„Ja, natürlich, Darling! Du musst schließlich die Übernachtung inklusive Frühstück abarbeiten." Klaus lachte.
„Ich bin voll ausgebucht. Bin eben ein begehrter Mann." Klaus zuckte mit den Schultern und verschwand zur Tür hinaus.

Martin nahm sich ein Brötchen und biss hinein. Er aß und trank relativ schnell, als wäre er plötzlich in Eile. Als er fertig war, schnipste er die Krümel von der Weste und lächelte Rita eigenartig an.
„Unter anderen Umständen hätte ich dich gerne zum Essen eingeladen. Ich bin leidenschaftlicher Hobbykoch."
Rita fühlte schon wieder die Schamröte auf ihren Wangen.
Was ist bloß los, verdammt?

Dennoch meinte sie ziemlich schnippisch: „Dann hättest du vielleicht Koch werden sollen. Ist ungefährlicher."
„Denkst du wirklich? Es ist eines der gefährlichsten Hobbys überhaupt! In der Küche passieren die meisten Unfälle."
Rita konnte nicht mehr anders. Spontan prustete sie los, sodass die Brötchenkrümel aus ihr heraus sprudelten. Schnell hielt sie die Hand vor den Mund. Martin sprang auf und klopfte ihr auf den Rücken.
„Hey hey!", sagte er.
Rita beruhigte sich langsam.
„Schon gut", sagte sie mühsam. „Danke."
„Na immerhin hast du wenigstens nicht *Sie* zu mir gesagt."
Rita lächelte verlegen.
Unter anderen Umständen hätte ich dich gar nicht getroffen, dachte sie.
„Okay. Wechseln wir den Verband", sagte sie schließlich und stand auf.
Martin folgte ihr in den Gipsraum. Sie bot ihm Platz an.
„Ich kann stehen."
„Sicher? Es könnte weh tun."
Martin zog Weste und Pullover aus und setzte sich, ohne weiteren Kommentar.
Rita bemerkte, dass er tatsächlich die Zähne aufeinander biss, als sie die Gaze von der ver-

krusteten Wunde nahm.
„Der ist seit der OP nicht mehr gewechselt worden", stellte sie fest.
„So ist es. Meine Krankenschwester hat mir gekündigt."
Martin verzog das Gesicht zu einer Grimasse. Es war eine Mischung aus Lächeln und Schmerz. Rita zog eine wässrige Flüssigkeit in eine große Spritze auf. Er beobachtete sie skeptisch.
„Angst oder misstrauisch?", schmunzelte sie, als hätte sie seine Gedanken gelesen.
Martin lachte nur leise.

Kapitel 3

Gefährliche Wege

Selbst am Nachmittag noch schmunzelte Rita. Ständig musste sie an die unerwartete Begegnung denken. Martin ging ihr nicht mehr aus dem Kopf. Sie saß neben Klaus in dessen Ford und betrachtete die Welt mit anderen Augen. Die Sonnenstrahlen flimmerten durch die Blätter der Bäume, die den Straßenrand säumten. Sie ließen das Herbstlaub schimmern, wie lebendige, züngelnde Flammen. Rita sog die Bilder in sich auf. Das war die Realität. Wolf mit seinen Männern hingegen, war ganz weit weg. Und das tat gut. Klaus wohnte im Süden, etwas außerhalb der Stadt. Dort hatte er sich, gemeinsam mit seiner Frau, ein kleines Haus gekauft. Vor mehr als einem Jahr war sie mit einem anderen Mann durchgebrannt. Klaus war zu selten zu Hause, hatte sie behauptet. Rita hatte Klaus ein paar mal besucht. Sie liebte es, in seinem Garten zu sitzen. Sie liebte es, mit einem Glas Rotwein vor seinem Kamin zu sitzen. Sie hatte geglaubt, sie könnte auch Klaus lieben. Klaus fuhr das Auto in die Einfahrt und stoppte vor der Garage. Sie stiegen aus.

Rita hielt ihre Tasche fest umklammert in beiden Händen und sah sich um. Die Ruhe, das Vogelgezwitscher, die Blumen, das Grün, der Duft, einfach alles, gefiel ihr. Sie schloss die Augen und atmete tief durch.
„Der Garten bräuchte dringend mal wieder einen Fassonschnitt. Es ist immer zu wenig Zeit", meinte Klaus entschuldigend.
„Versuch`s doch mal mit Wollschafen. Die fressen alles", meinte Rita.
Klaus lachte.
„Wie kommst du denn darauf?"
„Lebenserfahrungen. Die mähen deinen Garten gratis und ohne Nebenwirkungen."
„Da wäre ich mir nicht so sicher", zweifelte Klaus.
Rita schmunzelte.
„Komm rein!"
Sie folgte Klaus in den kleinen Flur mit den vielen Türen. Eine Holztreppe führte nach oben.
„Das Gästezimmer gehört dir."
Klaus wies mit einer Geste nach oben.
„Du kannst bleiben, so lange du willst."
Er ging voran.
„Wow!", entfuhr es Rita, als sie eintrat.
In der Ecke, neben dem Fenster, stand eine große Holzgiraffe und auch sonst war alles im afrikanischen Stil eingerichtet. An den Wän-

den hingen beeindruckende Bilder von Löwen, einem Zebra und einem Elefantenbullen. Die Masken wirkten eher etwas furchteinflößend auf Rita.
„Hätte ich dir gar nicht zugetraut."
„Urlaubserinnerungen. Du kannst dich frisch machen. Wenn du fertig bist, kommst du runter... ehm... wenn du willst. Fühl dich einfach wie zu Hause."
„Danke."
Rita hörte Klaus noch die Treppe hinunter poltern. Dann warf sie sich auf das breite Bett, atmete tief durch und schloss die Augen. Es fühlte sich gut an. Klaus hatte Rita einmal den Hof gemacht, als er mit seiner Frau im Scheidungsclinch lag. Vergeblich. Rita mochte Klaus sehr, aber sie konnte seine Gefühle nicht erwidern. Er war der beste Freund, den man sich vorstellen konnte. Nun wünschte Rita ihm, dass es mit Kathrin klappte. Sie beendete ihre Gedankengänge und stand auf. Sie musste ins Bad. Klaus hatte auf die Tür gegenüber gewiesen. Hier oben war Rita noch nie gewesen. Das Bad für Insider, hatte er gesagt. Sie schmunzelte und öffnete die Tür.

Etwa eine halbe Stunde später kam Rita die Treppe hinab. Ein verführerischer Bratenduft lockte sie in die Küche. Diese war kaum größer, als ihre eigene, dafür aber mit den modernsten Geräten ausgerüstet.
„Na, schon zurück aus Afrika?", fragte Klaus.
„Ja. Es war mir zu heiß und zu gefährlich."
„Keine Angst. Ich bin ja bei dir."
Klaus grinste, während das Fleisch in der Pfanne brutzelte.
„Wo schläfst du denn? In Alaska oder Australien?"
„In Japan."
„Wie klein die Welt doch ist...", gluckste Rita.
„Was gibt es denn bei dir schönes?", fragte sie schließlich.
„Kalbsschnitzel. Was meinst du? Sollten wir das Gemüse kochen oder lieber braten?", fragte Klaus unschlüssig.
Rita las, was auf der Packung stand.
„Da steht Pfannengemüse. Das wird üblicherweise gebraten."
„Okay. Da unten steht eine Pfanne."
Rita fand sie und schüttete das Gemüse aus dem Beutel hinein.
„Ach übrigens kommt noch jemand zum Essen. Ich hoffe, es macht dir nichts aus, Rita."
Rita hob die Schultern und schüttelte den Kopf.

„Hey. Was heißt das?"
„Ist mir egal. Es ist dein Essen und dein Haus."
„Und du fragst nicht mal, wer?", fragte Klaus offensichtlich erstaunt.
Rita hielt inne und starrte Klaus in die Augen.
„Wer?"
„Kathrin", antwortete Klaus.
„Meinst du, das ist eine gute Idee, wenn sie mich bei dir vorfindet?"
„Wieso? Ich dachte ihr seid befreundet?"
„Klar. Aber denk doch mal nach."
Klaus wendete die im Fett schwimmenden Schnitzel. Dann sah er zu Rita, kniff die Augen zusammen und grinste hintergründig.
„Bist du etwa eifersüchtig?"
„Blödmann. Ich nicht! Aber sie vielleicht."
„Vielleicht kann das ja nicht schaden", überlegte Klaus.
Rita verdrehte die Augen.
Darüber schüttelte Klaus den Kopf.

Kathrin war tatsächlich überrascht, Rita hier anzutreffen.
„Was wollte Wolf gestern bei dir?", schleuderte Rita ihr schonungslos ihre Frage entgegen

und wartete auf eine Erklärung.
„Ich... ich dachte, dass es für dich besser ist, mit der Polizei darüber zu reden...", stammelte Kathrin.
Rita verzog wütend das Gesicht und schnaufte.
„Ich... wollte dir doch nur helfen....", beteuerte Kathrin.
Klaus verzog sich in die Küche. Er hielt es für klüger, aus der Schusslinie zu verschwinden.
„Helfen nennst du das?!"
Rita war außer sich.
„Hast du mir am Abend nicht zugehört? Warum rufst du ausgerechnet ihn zu Hilfe? Oder hast du gedacht, ich habe mir das alles in meiner Phantasie nur so zusammengereimt und gehöre in die Psychiatrie?"
„Ich habe Wolf nicht angerufen!", schnaubte Kathrin. „Ich habe nur meinen Schwager angerufen! Er arbeitet bei der Polizei und hat mir versichert, dass man dich beschützt!"
Rita lachte entnervt auf.
„Entschuldige", fügte Kathrin kleinlaut hinzu.
Dann trat Ruhe ein.
Der Sturm hatte sich gelegt.
Klaus lauschte, bevor er sich in sein Wohnzimmer wagte.
„Schwöre mir, dass du so was nie wieder hinter meinem Rücken tust!", verlangte Rita

mit einer Entschlossenheit, die keinen Widerspruch duldete.
Klaus lehnte schweigend am Küchenschrank und beobachtete die Frauen. Schließlich verschränkte er die Arme und wartete.
„Ich schwör`s", beteuerte Kathrin.
Dann fielen sich die Beiden in die Arme.

Beim gemeinsamen Abendessen schien alles vergessen zu sein. Die Drei scherzten und lachten. Sie tranken die zweite Flasche Bordeaux. Kathrin kicherte mit hochrotem Kopf. Klaus meinte, dass es besser für sie wäre, zu bleiben. Sie kicherte noch mehr.
„Die ist ganz schön abgefüllt, hick. Völlig aus der, hicks, Übung. Wir trinken viel zu wenig", stellte Rita klar.
Klaus grinste.
„Ich hab`s euch ja schon immer gesagt. Ihr wolltet es mir ja nie glauben."
„Du klingst ja wie meine, hicks, Mutter."
Rita winkte ab. „Aber wo du Recht hast, hast du Recht."

Verqualmt und stickig stand, am selben Abend, die Luft im Billard Pub, keine Chance sich aufzulösen. Die Rockmusik, die aus den kleinen Boxen an der Decke hämmerte, wurde von krakeelenden Stimmen übertönt. Gedämpftes Licht beleuchtete den Raum, in dessen Mitte ein Billardtisch stand. Unzählige, nach Schweiß muffelnde Körper drängten sich um den Tisch und feuerten ihren Favoriten an. Es waren überwiegend Männer. Einige von ihnen spielten Dart, einige saßen am Tresen. Der stämmige Kerl dahinter glich einem Türsteher. Alle nannten ihn respektvoll nur Big Papa. Seinen richtigen Namen kannte wahrscheinlich niemand mehr. Er war der Besitzer des Ladens und hatte sich strikt geweigert, sein Reich zur rauchfreien Zone zu erklären. Der Qualm gehörte hier zur Atmosphäre, wie der Erfurter Bornsenf zur Thüringer Rostbratwurst. So hatte er das zumindest behauptet. Ein junger Mann saß auf einem der Barhocker. Er trug Jeans und eine schwarze Weste. Die Ärmel seines karierten Hemdes waren nach oben geschlagen. Ein Bein hatte er zum Boden gestreckt, als wollte er jeden Augenblick aufspringen. Er zündete sich eine Zigarette an und bestellte sich eine Cola. Ab und an nahm er einen Schluck und sah sich um. Er schien auf jemanden zu warten.

Es war spät geworden. Der Mann, auf den Martin Brenner wartete, würde bald kommen. Sie waren verabredet. Martin stellte schließlich sein leeres Glas ab und bestellte noch eine Cola. Big Papa stand hinter dem Tresen und grinste ihn belustigt an.

„Alles okay mit dir?"

Martin nickte.

„Ja. Muss noch fahren."

Big Papa schob ihm hin, was er verlangte. Im Glas schwirrten ein paar Eiswürfel umher. Martin beobachtete sie.

„Danke", sagte er.

Dann trank er. Bevor er das Glas wieder abstellte, packte ihn jemand kräftig an der Schulter. Martin wandte den Kopf zur Seite und sah in ein hageres Gesicht.

„Hallo, Marty."

Der nickte.

„Guten Abend, Schneiderlein."

„Freut mich, dich unversehrt wiederzusehen."

„Überrascht?"

Der Mann, namens Schneider, grinste und bestellte sich ein Glas Bier. Die Beleuchtung spiegelte sich in seinen Brillengläsern wider. Er war um einige Jahre älter als Martin. Schneiders Haar war grau, genau wie sein Schnauzer unter der schmalen, langen Nase.

Überhaupt wirkte er mager.
Schneider genoss ganz offensichtlich das kühle Fassbier. Dann setzte er das Glas ab und wischte sich den Schaum vom Schnauzer.
„Also?", fragte er und blickte Martin erwartungsvoll in die Augen.
„Ich habe ihn gefunden. Aber ich komme nicht mehr nah genug an ihn heran. Bin aufgeflogen", begann Martin.
Schneider nickte nur. Er wirkte nachdenklich.
„Was nun?", fragte Martin.
„Du kennst deinen Befehl", brummte Schneider.
Martin verzog das Gesicht und trank von der Cola.
„Er glaubt, du bist tot. Das ist unser Vorteil."
Martin atmete tief durch und schien zu überlegen.
„Allein schaffe ich das nicht. Ich brauche Hilfe", zischte er seinen Vorgesetzten an.
Schneider antwortete zunächst nicht und zündete sich in aller Ruhe eine Zigarre an. Er schien währenddessen zu überlegen. Dann nickte er.
„Ist vernünftiger. Aber ich kann niemanden abstellen. Du weißt, wir haben keine Leute. Ich baue auf dich, Marty."
„Hm", machte Martin.
Klar doch. Sieh zu, wie du fertig wirst. Habe es

kaum anders erwartet, dachte er.

Dann trank er sein Glas in einem Zug aus.

„Ich habe ein paar Freunde. Wir haben früher mal zusammen gearbeitet", sagte er schließlich und sah erwartungsvoll zu Schneider.

Der atmete tief durch.

„Ich weiß von nichts und wenn es außer Kontrolle gerät, werde ich nicht warten. Das hier ist nicht Hollywood."

Martin verzog das Gesicht und nickte.

„Okay Boss. Wir bleiben in Verbindung."

Schneider nickte zufrieden.

Martin stellte das Glas ab und ließ seinen Blick umherschweifen.

„Brauchst du ein anderes Auto?", fragte Schneider.

„Nein."

Schneider hob die Augenbrauen und sah Martin verwundert an.

„Ich habe ein Motorrad."

Schneider griff zu seinem Bierglas und nippte daran. Die Rauchwolke seiner Zigarre zog um seinen Kopf. Martin stand auf.

„Du willst schon gehen?", fragte Schneider.

„Ich bin müde", antwortete Martin.

Schneider kniff die Augen ein wenig zusammen und nickte. „Dein Drink geht auf meine Rechnung."

Martin hob die Hand im Gehen und zeigte

Schneider zwei Finger, ohne sich noch einmal nach ihm umzusehen.
Schneiders Blick folgte ihm. Reglos blieb er sitzen, bis Martin verschwand.

Die Sonne kitzelte Rita auf der Nase. Vor den geschlossenen Augen tanzten tausende Lichtpunkte. Sie stöhnte leise und öffnete langsam die Augen. Ihr erster Blick fiel auf die afrikanischen Masken, die die Wand zierten. So schrecklich fand sie die gar nicht mehr. Höchstens ein wenig kitschig. Erst als sie aufstand, bemerkte sie, wie schwer der Kopf war. Der Boden unter ihren Füßen wankte, wie die Planken eines alten Piratenschiffes. So fand sie den Weg zum Badezimmer, direkt unter die Dusche. Im Haus war es still. Klaus sein Auto war aus der Einfahrt verschwunden. In der Küche lag ein Zettel neben der Kaffeemaschine.

Guten Morgen, Rita!
Wir sind zum Dienst. Mach bloß keine
Dummheiten und brenn das Haus nicht ab.
Bis heute Abend. Klaus

Rita schmunzelte.

Sie kochte Kaffee und suchte die Küchenschränke nach etwas essbarem ab. Danach zog sie sich die Jacke über und schob die Glastür zur Terrasse auf. Es war wunderschön. Ein paar Herbstastern blühten in den vielfältigsten Farben. Einige Blätter lagen auf der Rasenfläche. Rita trat in die wärmenden Sonnenstrahlen hinaus und atmete tief durch. An nichts Böses denkend schrak sie furchtbar zusammen, als sie eine männliche Stimme hinter sich vernahm.
„Guten Tag."
Sie fuhr herum und starrte den Fremden entsetzt an. Er war nicht viel älter als sie, schätzte Rita. Sein gepflegtes Äußeres ließ sie sofort an einen lästigen Vertreter denken.
„Entschuldigung. Ich wollte Sie nicht erschrecken. Es tut mir leid, aber ich habe schon ein eine Weile geklingelt. Sie scheint defekt zu sein."
„Es ist niemand zu Hause", gab Rita dem Fremden kurz zu verstehen.
Ein freches Lächeln erschien auf dem Gesicht des Mannes.
„Sind Sie niemand?", fragte er unerhört charmant.
„Ich wohne hier nicht. Ich bin nur zu Besuch. Kommen Sie bitte wieder, wenn der Hausherr zurück ist."

„Vielleicht will ich ja gar nicht zum Hausherren."

Rita schluckte. Schlagartig stieg das Gefühl des Misstrauens auf.

Wer ist das? Ein Vertreter jedenfalls nicht!

„Ich sollte mich zuerst ein mal vorstellen. Ich bin Thomas Engel, Kathrins Schwager. Kathrin hatte mich gebeten, Ihnen zu helfen. Aber dazu brauche ich noch einige Informationen von Ihnen."

Der Mann reichte Rita den Dienstausweis. Sie betrachtete ihn aufmerksam, bevor sie ihn zurück gab. Der Schreck saß tief, obwohl der Fremde einen sehr seriösen Eindruck machte.

„Sie sind von der Polizei?", fragte Rita noch immer zweifelnd.

„Ja", nickte er.

„Was hat Kathrin Ihnen erzählt?", fragte Rita, nicht gerade freundlich.

Sie traute diesem Mann nicht, auch wenn er Engel hieß und behauptete, Kathrins Schwager zu sein. Sie kannte ihn nicht!

„Zum Beispiel, dass Sie verfolgt werden und Schutz suchen."

„Wissen Sie auch vor wem?"

Engel lächelte schwach und nickte.

„Von einem Mann namens Wolf."

Rita horchte auf.

„Und wissen Sie auch, weshalb?", fragte sie.

„Tut mir leid. Streng geheim."
„Und wie stellen Sie sich das vor?"
Engel lachte amüsiert und sah um sich.
„Sie sind im Begriff, einen Polizisten zu verhören. Wissen Sie das, Schwester Rita?"
Rita rang sich ein Lächeln ab und war in Versuchung ihr Misstrauen Engel gegenüber zu begraben.
„Was wollen Sie wissen?"
„Wo ist Brenner?"
Rita zuckte mit den Schultern.
„Wenn Ihnen die Kathrin alles erzählt hat, müssten Sie das wissen", antwortete sie trotzig.
Engel nickte.
„Ja, aber Kathrin war nicht da. Sie schon. Ich versuche gerade mir selbst ein Bild zu machen, was im Einzelnen geschehen ist."
„Um mich zu beschützen? Was spielt das für eine Rolle?"
„Immerhin sind Sie eine wichtige Zeugin."
„Na gut."
Rita berichtete Engel, was sich in jener Nacht in der unfallchirurgischen Station zugetragen hatte. Der nickte anerkennend, als er erfuhr, dass Rita den Patienten zur Flucht verholfen hatte.
„Sie sind sehr mutig gewesen. Alle Achtung. Und wo haben sie ihn jetzt versteckt?"

Engel mühte sich, diese Frage ein wenig scherzhaft klingen zu lassen. Doch Rita spürte wieder den Anflug ihres Misstrauens. Diese Frage wollte sie ihm nicht beantworten.
„Tut mir leid. Da kann ich Ihnen nicht helfen."
Engel wurde plötzlich sehr ernst und sah Rita eindringlich an.
„Brenner ist in Gefahr! Das wissen Sie!"
Rita verschränkte demonstrativ die Arme und schwieg.
Engel wartete.
„Wenn Sie ihm helfen wollen, sagen Sie es mir", sagte Engel leise.
„Er kann sich selbst helfen."
Ritas Worte klangen eisig.
„Das bezweifle ich. Er war gestern in der Klinik. Er brauchte Hilfe, medizinische Hilfe, denn er war angeschossen. Er hat Sie gesucht und Sie haben ihm geholfen."
Rita schluckte unwillkürlich. Sie verschränkte die Arme so fest, dass es schmerzte.
Die Polizei, oder wer auch immer, beschattet mich also. Und woher, verdammt, wusste dieser Engel überhaupt, dass ich jetzt hier bin? Niemand wusste das!
Rita versuchte ihre Gedanken zu ordnen.
Nur Klaus und ... Kathrin!
Sie spürte plötzlich eine Hitzewelle durch ihren Körper schießen.

„Ich weiß nicht wo der Kerl ist, den Sie suchen. Das geht mich auch nichts mehr an. Ich bin schließlich nicht sein Babysitter, nur weil ich Krankenschwester bin!", fauchte sie unwirsch.
„Wen wollen Sie nun eigentlich beschützen? Ihn oder mich? Und vor wem überhaupt? Vor einem Kriminaloberkommissar?"
Engel atmete hörbar tief ein und aus.
„Also: Ich will es Ihnen sagen, Schwester Rita. Brenner war als V-Mann eingesetzt. Es wurde uns eine Nummer zu groß. Wir wollten ihn zurückholen, aber er hat sich auf eigene Faust durchgeschlagen. Hielt sich wohl für Supermann."
Rita hörte die Worte, als würde ihr jemand den Krimi vom Vorabend erzählen. Sie stand neben sich. Alles war so unwirklich.
„Und nun musste er untertauchen", ergänzte sie.
„So ist es."
„Vor Wolf, vor der Polizei oder vor Ihnen?", fragte Rita gereizt.
„Vor Wolf."
„Und was denken Sie, Herr Engel, können oder wollen Sie für Martin tun?"
„Das geht zu weit."
„Lassen Sie ihn noch mal sterben, damit er eine neue Identität bekommt?"

Engel lachte amüsiert. Es klang spöttisch.
„Sie wissen ja bestens Bescheid."
Rita konnte nur mit Mühe ihre Erregung unterdrücken. Sie atmete heftig.
„Guten Tag, Herr Engel!"
Rita wandte sich zum Gehen.
Engel hielt sie am Arm zurück.
„Bitte!"
„Ich weiß es nicht!", fuhr sie ihn an und versuchte sich vergeblich aus seinem festen Griff zu befreien.
„Es wird besser für Sie sein, Rita, mit mir zu kommen."
„Nein Danke. Ich bleibe lieber hier!"
Engel ließ nicht locker.

Die Dämmerung lag bereits über dem kleinen Thüringer Dorf Seega, dem Wald und dem Baumerhof. Nebelschleier schwebten zwischen den Bäumen und Sträuchern. Sie glichen sagenhaften Gestalten der Finsternis. Eine silbergraue Mercedes Limousine rollte langsam durch den Ort. Hier und da brannte noch ein Licht. Ansonsten wirkte der wie verlassen. Im Waldweg herrschte bereits

Finsternis. Schwach zeichneten sich die Umrisse des Hofes ab. Leise knirschten die Steinchen unter den Rädern. Gespenstisch glitt das Licht der Scheinwerfer an den alten Wänden der Scheune entlang, beleuchtete das Unkraut und scheuchte die Mäuse auf. In dem alten Fachwerkhaus brannte Licht. Der Mercedes stoppte direkt vor dem Hauseingang. Zwei Männer stiegen aus und steuerten geradewegs zur Tür. Die Schafe blökten im Offenstall.

Es war verdammt kalt. Die warmen, sonnigen Herbsttage standen im krassen Gegensatz dazu. Die Hunde schlugen nicht an. Sie begrüßten die Fremden, als wären sie alte Bekannte und begleiteten sie. Einer der beiden Männer klopfte kurz und kräftig gegen die Holztür. Steffen öffnete und ließ sie eintreten. Die Männer begrüßten sich freundschaftlich.

„Willkommen zu Hause, ihr alten Gauner", grinste Steffen.

Der große Dicke, der einen Vollbart trug, entgegnete mit tiefer Stimme: „Na Kumpel, wo kneift denn das Höschen?"

Dann lachte er.

Der Kleinere der beiden Gäste lächelte nur. Er hob den Daumen seiner rechten Hand nach oben.

„Alles Okay", sagte er.
„Na dann kommt!"
Steffen führte sie in die Küche. Martin kam ihnen bereits entgegen.
„Hey, Marty! Wird höchste Zeit, dass wir mal wieder zusammen aufräumen! Wir haben uns seit der Zeit beim SEK nicht mehr gesehen", sagte der Dicke und schlug Martin herzlich gegen die Schulter.
Martin verzog das Gesicht zu einer schmerzhaften Grimasse.
„Hallo Brummer", entgegnete er mühsam.
„Was ist los? Haben sie dir weh getan, mein Kleiner?"
Der Kerl mit dem Vollbart und der Knollennase musterte Martin ernsthaft besorgt.
„Steckschuss in der Schulter. Vor vier Tagen", antwortete Martin.
„Setzt euch", forderte Steffen die Freunde auf.
„Wieso benutzen die Blödmänner Steinzeitwaffen?", brummte der Dicke.
„Um den Verdacht nicht gleich auf sich zu ziehen", antwortete Martin.
„Mann! Da hattest du aber verdammt mehr Glück als Verstand."
Martin nickte und schwieg.
Der andere Mann, der mit Brummer gekommen war, beobachtete die Sprechenden sehr aufmerksam. Theo redete nicht viel. Das

hatte er nie getan. Aber wenn er redete, machte das Sinn. Theo war fast taub, seitdem die Druckwelle einer Granate ihm die Trommelfelle verletzt hatte. Dennoch hatte ihn die Bundeswehr nicht entlassen. Sie schätzten seine Fähigkeiten sehr. Theo war einer der besten Computerspezialisten. Dazu genügten gute Augen und ein klarer Kopf - und das hatte Theo.
„Kaffee oder Bier?", fragte Steffen, während er drei Flaschen auf den Tisch stellte.
„Zuerst ´n Bier", meinte Brummer und griff zu.
„Ich einen Kaffee, all inklusive", sagte Theo.
Martin blieb beim Kaffee.
Steffen öffnete sich eine der Bierflaschen und setzte sich zu ihnen an den Tisch.
„Wo habt ihr eigentlich unseren Otto gelassen?", fragte er.
„Der hat grad `ne Liveshow im Fernsehen", lachte Brummer ausgelassen.
„Blödmann. Jetzt mal im Ernst!"
„Bleib cool, Marty! Der kommt morgen früh mit der Maschine aus Istanbul", beschwichtigte der Dicke.
„Wo der sich wieder herumtreibt....", grinste Martin und nippte vorsichtig vom heißen Kaffee.
„Also", begann Martin schließlich.

„Wolf macht illegale Geschäfte. Das bringt ihm unvorstellbare Einnahmen und er selbst hat die Ermittlungsarbeit unter seiner Regie. Der Kerl benutzt die Autowerkstatt seines Bruders in Erfurt. Er hat sich inzwischen ein paar Gorillas zugelegt. Nicht gerade die Hellsten, aber gefährlich. Die fragen nicht, die ballern drauflos. Ich habe schließlich mit ihnen gearbeitet und habe Schneider über jeden Schritt informiert. Wir brauchten allerdings hieb- und stichfeste Beweise, um Wolf hinter Gitter zu kriegen. Der Kerl ist glitschig wie ein Aal. Er wurde schon dreimal verhaftet. Die Anklage konnte ihm nie etwas nachweisen und die Rechtsprechung ließ ihn nach einem Tag wieder frei. Ich war ganz nah dran, Jungs. Jemand muss mich an`s Messer geliefert haben. Wolf hatte Verdacht geschöpft und ich bin ihm nur um Haaresbreite entkommen. Bin mit einem Fahrrad geflüchtet."
Die Männer hörten ihm aufmerksam zu.
Brummer zog die Augenbrauen zusammen, sodass sich eine tiefe Furche über die Nasenwurzel grub.
„Es hatte mich an der Schulter erwischt. Der Schmerz war kaum noch zu ertragen. Mir wurde schwindlig und übel. Ich weiß nur noch, dass mich eine Streife der Verkehrspolizei stoppte. Aufgewacht bin ich Stunden

später im Krankenhaus."

Martin atmete tief durch. „Ich brauche Hilfe. Allein habe ich keine Chance und auf euch kann ich mich verlassen."

Brummer setzte die Bierflasche ab und rülpste laut. Dann sagte er: „Klar! Wozu sind denn Freunde da, Marty."

„Verstärkung?", fragte Theo und unterstützte seine Frage mit Handzeichen.

„Fehlanzeige. Wie immer herrscht chronischer Personalmangel", bemerkte Steffen.

„Wie wär`s mit ein paar ABM Kräften oder Minijobbern?", lachte Brummer bissig.

„Die bösen Jungs würden sich glatt totlachen", sagte Martin.

„Vielleicht auch eine Möglichkeit, sie außer Gefecht zu setzen", grinste Brummer. „Aber nun mal ernsthaft. Das sind keine Ladendiebe, die mit einer CD durchbrennen oder ein Fahrrad klauen. Wann begreifen die das da oben mal?"

„Deshalb gibt es uns", mischte sich Theo ein. „Verbrecherjagd ist unser Hobby."

Brummer tippte sich ungeniert gegen die Stirn. Die Männer lachten.

„Was ist mit der Krankenschwester?", fragte Steffen.

„Sie ist bei einem ihrer Kollegen untergebracht. Auf Klaus ist Verlass."

„Welcher Klaus?", fragte Brummer verwundert.

„Man muss so seine Verbindungen knüpfen und pflegen", grinste Martin. „Als ich angeschossen war, hatte er Dienst im OP. Er und die Krankenschwester haben mich vor Wolf versteckt."

„Clever", brummte der Dicke.

„Und wenn Rita wieder die Nerven verliert? Sie ist schon mal abgehauen. Von hier!", zweifelte Steffen.

„Wir haben einen Auftrag, Bruderherz! Und der besteht nicht darin, den Babysitter für sie zu spielen", erklärte Martin sachlich. „Ich habe getan was ich konnte. Alles andere ist zu gefährlich, auch für uns."

„Okay!"

Brummer schlug mit der flachen Hand auf den Holztisch, dass selbst Theo erschrocken zu ihm blickte.

„Machen wir Nägel mit Köpfen, Käpt`n!"

„Steffen setzt sich mit Wolf auseinander. Ich weiß, wo er ist. Du, Frank Brummer, gehst mit Otto hinein, sobald ich grünes Licht gebe. Theo!"

Theo sah aufmerksam zu Martin, um ihn besser verstehen zu können und nickte.

„Du übernimmst Wolfs Dienstcomputer und hältst Verbindung mit Schneider."

Auf Theos Gesicht erschien ein Lächeln als er zur Bestätigung nickte.
„Und du?", fragte Frank, den alle nur Brummer nannten.
Martin grinste.
„Ich stehe Schmiere", antwortete er amüsiert.
Die Männer lachten.

Zur selben Zeit wartete Rita. Sie wartete schon lange. Auf was? Sie konnte nichts sehen. War es noch Tag oder schon Nacht? Dieser Kerl, dieser Engel, hatte sie einfach mit sich gezogen, gegen ihren Willen und nur unter Protest. Seit einer Ewigkeit saß sie auf dem Rücksitz seines Autos. Rita hatte das Zeitgefühl samt Orientierung verloren. Engel hatte sie am Rücksitz angelegt, damit sie nicht entkommen konnte. Ebenso wenig konnte sie dieses Etwas vor ihren Augen entfernen. Das Fragen hatte sie eingestellt, denn sie hatte keine Antworten bekommen. Auch fluchen, schreien und treten hatte keinen Erfolg gebracht. Schließlich hatte sie auch das aufgegeben. Die Wut übertraf ihre Angst, zumindest im Augenblick. Rita schüttelte den

Kopf.
Das ist ja wie im Krimi, dachte sie selbstsarkastisch.
Dann dachte sie darüber nach, was sie erwarten würde. Klar. Sie würde Wolf noch einmal begegnen. Der würde sie nicht mit Samthandschuhen anfassen, hatte Martin gewarnt. Und wenn schon. Rita würde Martin nicht verraten. Jetzt nicht mehr! Wenn sie an ihn dachte, sah sie sein lächelndes Gesicht vor sich. Sie wusste ja selbst nicht, wo er jetzt gerade war und was er tat. Und noch immer wusste sie nicht, wo sie selbst gerade war. Unsanft war sie während der Fahrt umher geworfen worden. Ihr war auch jetzt noch schwindlig und übel. Dann war es still geworden. War sie etwa eingeschlafen? Oder war sie gar Bewusstlos geworden?
Rita war hungrig, durstig und ihre Blase begann zu drücken.

An diesem Abend kam Klaus todmüde nach Hause. Es war bereits viertel nach acht und stockfinster. Klaus hatte wieder nicht Nein sagen können. Nach seiner ungeplanten

Dienstverlängerung hatte er es gerade noch geschafft in den Supermarkt zu springen. Langsam fuhr Klaus in seine Einfahrt. Er ließ das Autoradio an, während er ausstieg. Es war verdammt kalt geworden. Sein Atem verflüchtigte sich als Rauchwölkchen. Er zog die Jacke über, bevor er die Heckklappe seines Ford öffnete. Der Song im Autoradio gefiel ihm. Klaus war guter Dinge und pfiff die Melodie mit. Der Kofferraum war voll gepackt. Klaus schnappte sich den ersten Karton. Der Haustürschlüssel baumelte an der Gesäßtasche im Takt seiner Schritte. Dennoch drückte er rücklings mit dem Ellenbogen mehrmals gegen die Klingel. Er hoffte, dass Rita ihm die Tür öffnen würde, dann brauchte er den schweren Karton erst gar nicht abstellen. Noch immer pfiff Klaus diesen Song, der ihm nicht aus dem Kopf ging und wartete geduldig. Er klingelte noch einmal. Als sich wieder nichts tat, setzte er schließlich den Karton vor der Tür ab und schloss selbst auf. Wahrscheinlich hatte Rita Angst die Tür zu öffnen, dachte er. Ächzend hob er den schweren Karton wieder hoch und machte sich direkt auf den Weg in die Küche.
„Rita!", rief er laut, dass es durch das ganze Haus schallte.
„Ich bin`s, Klaus! Kannst du mir helfen?"

Der Karton knallte unsanft auf den Küchenschrank. Klaus schnaufte.
„Rita!?", rief er noch einmal.
Niemand antwortete. Es blieb still.
„Wieder in Afrika", sagte er zu sich selbst und ein Lächeln erschien in seinem Gesicht, als er die drei Stufen vor dem Hauseingang hinab sprang.
Klaus hatte eingekauft, als hätte er eine ganze Kompanie zu versorgen. Noch immer pfiff er fröhlich vor sich hin, als er den Briefkasten öffnete. Das Papier flog ihm schon entgegen. Ein paar bunte Blätter landeten auf dem Boden. Er hob sie auf und verschwand damit im Haus. In der Küche sah er seine Post flüchtig durch und sortierte in wichtig und unwichtig. Der größere Papierstapel flog sofort in den Müll. Zwei Briefe und ein Werbeblatt blieben zunächst liegen. Leise stieg er die Treppe hinauf und klopfte an die Tür des Gästezimmers. Es blieb auch hier still.
„Rita?", rief Klaus.
Er klopfte noch einmal.
Keine Antwort.
Vorsichtig öffnete er die Tür. Das Bett war zerwühlt, aber leer. Ritas Tasche lag offen vor dem Nachtschrank. Klaus ging zur Badezimmertür und klopfte.
„Rita!?"

Auch hier blieb alles ruhig. Er öffnete die Tür. Das Bad war leer. Dann riss er, ohne zu klopfen, sein Schlafzimmer auf. Nichts. Klaus lief eilig die Treppe hinab und stieß die Tür zum Wohnzimmer auf. Eisige Luft schlug ihm entgegen. Die Terrassentür stand sperrangelweit offen. Rita war nicht zu sehen.
„Rita!", rief Klaus.
Noch glaubte er, sie sei draußen.
Irrtum.
Mit ausgreifenden Schritten durchforstete er seinen Garten. Dann blieb er stehen, betrachtete sein Haus und die offene Glastür.
„Verfluchte Scheiße", zischte er leise.
Langsam wurde Klaus die Tatsache bewusst, dass Rita verschwunden war. Die bittere Kälte ließ ihn frösteln. Es war ihm egal. Wirre Gedanken schossen durch seinen Kopf.

Rita indessen stand aufrecht, obwohl ihre Knie nachzugeben drohten. Nur mit Mühe zwang sie sich, das Zittern ihrer Glieder zu unterdrücken. Die bekannte Stimme, die zu ihren Ohren drang, jagte ihr einen frostigen Schauer durch den Körper.

„Nehmt ihr die Augenbinde ab!", befahl diese Stimme.
Jemand tat das.
Dann hörte sie eine Tür ins Schloss knacken. Rita blinzelte. Zunächst konnte sie nichts erkennen. Nach und nach nahm sie die dunkle Gestalt eines Mannes wahr.
Wolf!
Er musterte Rita.
Wie ein Raubvogel, der seine Beute anvisiert, dachte sie und wich seinem Blick aus.
„Guten Abend. Setzen Sie sich doch bitte, Schwester Rita", sagte er freundlich.
Dann wies er, mit einer Geste seiner Hand, auf den Bürostuhl, der vor seinem Schreibtisch stand. Rita sah sich um. Ein kleiner Raum mit einem Fenster und zwei Türen. Ein Büro. Aber wo? Vor dem Fenster war nichts als ein schwarzer Schleier der Finsternis zu sehen. Rita riskierte einen kurzen Blick auf ihre Armbanduhr. Gleich neun. Der Mann, ihr gegenüber, wartete. Sie schien tatsächlich mit Wolf allein zu sein. Der Boden unter ihren Füßen schien zu wanken. Sie ließ sich auf den Stuhl gleiten, bevor sie möglicherweise umgefallen wäre. Sie schluckte und schwieg.
Wolf setzte sich ihr gegenüber.
„Möchten Sie etwas trinken? Einen Kaffee vielleicht?"

„Nein Danke", antwortete Rita erstaunlich gefasst.
Doch sie wagte nicht, Wolf anzusehen.
„Gut. Dann eben nicht."
Der Mann lehnte sich lässig zurück und zündete sich in aller Ruhe eine Zigarette an. Lächelnd blies er den Rauch zur Zimmerdecke.
„Ich habe nur zwei, drei Fragen an Sie. Kennen Sie Martin Brenner schon länger?"
Rita räusperte sich.
„Nein."
„Seit wann genau?"
Rita blickte auf ihre Hände, die sie verkrampft ineinander gefaltet hatte.
„Seit dem Abend, vor vier Tagen."
„Empfinden Sie etwas für ihn?"
Rita blickte erschrocken auf.
Die Röte, die ihr in die Wangen stieg, sagte etwas anderes, als das strickte „Nein", das ihr über die Lippen kam.
Wolf war das nicht entgangen. Er grinste triumphierend.
„Wo ist er?"
„Das weiß ich nicht."
„Überlegen Sie genau!"
Die eisige Art dieser Worte ließ Rita erneut frösteln. Sie schluckte mühsam.
„Ich weiß es wirklich nicht", antwortete sie.

Wolf kniff die Augen zusammen und neigte den Kopf zur Seite. Er schien ihr nicht zu glauben.
Er glaubte, dass sie es genau wusste! Er glaubte, dass sie zu viel wusste und es stand zu viel auf dem Spiel. Brenner war kein Schwätzer, aber die Flucht mit ihm war Grund genug, um sie zum Schweigen zu bringen. Zunächst brauchte Wolf Rita noch als Köder.
Wolfs Schweigen verunsicherte Rita. Auch das war ihm nicht entgangen. Es geschah zu seiner Zufriedenheit, denn er wusste, dass er auf dem richtigen Weg war. Wolf liebte die psychologische Kriegsführung.
„Ich werde Sie meinem Team vorstellen, Schwester Rita. Sie sind unser Gast, bis Ihnen etwas eingefallen ist. Keine Angst. Niemand wird Ihnen ein Haar krümmen, solange ich nicht damit einverstanden bin."
Dann zog er genüsslich an seiner Zigarette und blies den Rauch langsam durch den schmalen Spalt seiner Lippen.
Die Angst lähmte Rita und beherrschte sie so sehr, das sie nur mit Mühe ihr Zittern unterdrückte. Nach einer Weile drückte Wolf seine Zigarette aus.
„Okay", sagte er und stand auf.
„Kommen Sie mit."
Ritas Blick streifte Wolf. Er trug Jeans und ein

gestreiftes Hemd. Keinen Anzug, keine Krawatte und kein schwarzer Mantel.
Was führte dieser Mann im Schilde? Was hatte er für Dreck am Stecken, dass er über Leichen ging, dachte sie.
Rita folgte ihm, durch eine der beiden Türen, aus dem Büro. Dort fand sie sich zwischen hohen Regalen wieder, einem Lager oder ähnlichem. Dann tat sich eine Halle auf, in der einige Autos standen. Auch der schwarze BMW. Es roch nach Öl und penetrant nach Farbe. An zwei Wagen wurde repariert, so wie es aussah. Auf Wolfs Pfiff hin, der durch die Halle schallte, hoben die Männer die Köpfe und hielten inne. Vier kamen schließlich heran.
Ritas lähmende Angst schlug in enttäuschte Wut um, als sie in ein bekanntes Gesicht starrte. Sie atmete schwer und presste die Lippen aufeinander, um sich selbst zum Schweigen zu zwingen. Ihr Blick verfinsterte sich und traf scharf den seinen.
Steffen Baumer! Du bist also der Verräter!
Steffen schien kaum merklich den Kopf zu schütteln, bevor er zu Wolf sah. Martins Bruder ließ sich nichts anmerken. Steffen schob die Hände in die Hosentaschen und hörte, was Wolf zu sagen hatte.
„Maik! Bring unseren Gast in die Kammer.

Niemand vergreift sich an ihr. Klar!"
„Klar Boss", antwortete der Angesprochene.
Der Typ, ein großer Kerl mit grimmigen Gesichtszügen, griff Rita hart am Oberarm und führte sie weg. In diesem Augenblick hätte sich Rita gewünscht, Steffen wäre dieser Mann gewesen. Dann hätte sie ihn wenigstens fragen können. Nun verdrängte die Angst wieder ihre Wut, nachdem sie die Tatsache geschluckt hatte, dass Steffen mit Wolf unter einer Decke steckte.
Das kann doch einfach nicht wahr sein!
Einen Augenblick lang dachte Rita daran, sich von dem Kerl loszureißen. Aber der griff noch fester zu, so fest, dass es höllisch schmerzte. Schließlich schob er Rita, an einer offenen Metalltür vorbei, in einen kleinen Raum. Ein Fenster gab es nicht. Nur eine Glühbirne baumelte an der Decke. Unsanft schleuderte Maik die junge Frau auf eine alte Couch. Die quietschte, als wollte sie zusammenbrechen. Dann erschien ein diabolisches Grinsen auf dem kantigen Gesicht, als der Kerl Rita eindringlich musterte. Ritas Herz schien sich zu überschlagen. *Verschwinde!*, schrie sie in Gedanken.
„Zieh die Jacke aus!", befahl er, in einem grausamen Tonfall, der Rita kaum merklich zittern ließ. Die Knie drohten ihren Dienst zu

versagen, als sie seinem Befehl nachkam. Rita riss sich zusammen. Maik schnappte ihr die Jacke aus der Hand. Wieder tastete er Rita mit seinem eigenartigen Blick ab, der auf ihrer Haut brannte. Wieder versuchte sie den Brocken in ihrer Kehle hinunter zu schlucken, doch er blieb.
„Die Zeit läuft", sagte er kühl und wandte sich endlich zum Gehen.
Die schwere Metalltür knallte hinter ihm ins Schloss. Rita zuckte unwillkürlich zusammen. Dann war es dunkel und kalt um sie herum.

Der neue Tag begrüßte Kathrin mit Sonnenschein. Es war ihr freier Tag. Nur ein Tag und noch dazu mitten in der Woche! Spontan dachte sie an eine Shoppingtour durch die Altstadt. Aber allein? Rita war zur Zeit tabu und ihre anderen Freundinnen waren auf Arbeit. Klaus hatte heute Spätdienst. Das war so, wenn sich die Nachtbereitschaft anschloss. Für einen Stadtbummel war er wohl auch weniger geeignet und außerdem hatte er einen Gast. Kathrin schlurfte in ihr Bad. Als sie wenig später den Kaffee aus dem Küchen-

schrank holte, kam ihr ein genialer Gedanke. Sie hatte wirklich oft genug alleine gefrühstückt und die beiden würden sich vielleicht über frische Brötchen und Gebäck freuen. Ohne lange zu überlegen schob Kathrin die Kaffeebüchse wieder zurück, kroch in ihren Mantel und die Stiefel. Mit Umhängetasche und klapperndem Schlüssel machte sie sich auf den Weg.
Der verführerische Duft der Bäckerei im Thüringen Park folgte der jungen Frau schließlich, eingepackt in etlichen Tüten. Kathrin stieg damit in die Straßenbahn, die sie bis zum Domplatz brachte. Dieser Duft hatte ihren Appetit geweckt und zu einem unbändigen Heißhunger wachsen lassen. Ungeduldig hielt sie Ausschau nach dem Bus und sah auf die Uhr. Der Duft der frischen Brötchen und Gebäckstücke war unwiderstehlich. Kathrin musste sich beherrschen, nicht in die Tüte zu langen. Die Zeit erschien ihr unendlich lang. Der Bus kam.

Nur etwa dreihundert Meter von Klaus seinem Haus entfernt, hielt der Bus schließlich.

Kathrin stieg aus. Im Takt ihrer schnellen Schritte knallten die Absätze ihrer Stiefel auf den Gehwegplatten. Die Sonne schien. Es war warm geworden. Gut gelaunt ging sie an einigen Einfamilienhäusern vorbei. Kathrin bewunderte die liebevoll gestalteten Vorgärten. Sie dachte daran, wie schön es wäre, selbst einen zu haben. Kathrin konnte Klaus` Haus schon sehen. Was würden die beiden für Augen machen. Mit einem erwartungsvollen Lächeln trat die junge Frau die wenigen Stufen zur Haustür hinauf und klingelte. Sie wartete. Sie klingelte noch ein mal und wartete. Dann drückte Kathrin die Nase an die blinde Glasscheibe in der Mitte der Eingangstür. Nichts regte sich.
Eine alte Dame bummelte mit ihrem Dackel vorbei.
„Guten Morgen", grüßte Kathrin.
Die Dame grüßte zurück und blieb einen Augenblick stehen, während ihr Vierbeiner ausgiebig den Gehweg beschnüffelte.
„Der müsste aber zu Hause sein. Ich habe ihn heute noch nicht wegfahren sehen. Die Zeitung steckt auch noch im Rohr", sagte die Frau.
„Danke", entgegnete Kathrin und rang sich ein freundliches Lächeln ab.
Während sie noch mehrmals auf die Klingel

drückte, beschlich sie eine böse Ahnung. Klaus und Rita waren allein.
War er etwa!... oder sie?
Kathrins Phantasie jagte ihr einen Schrecken durch die Glieder. Sie gab die Klingelei schließlich auf und verließ den Platz vor der Haustür. Sie ging außen herum, über die Grünfläche, an der Garage vorbei und gelangte zur Terrasse. Die Tür war zu. So schien es zunächst. Doch als Kathrin versuchte die Glastür zu öffnen, gab sie nach. Der Fernseher lief. Klaus hatte es sich in seinem Sessel gemütlich gemacht. Seine Beine auf dem kleinen Polsterhocker, war er in sich zusammen gesunken und fest eingeschlafen. Selbst das Rotweinglas, das auf dem Couchtisch stand, war noch fast voll. Kathrin hatte er gar nicht gehört. Vorsichtig und leise stellte sie ihre Tasche ab und schlich sich von hinten an Klaus heran. Lächelnd fuhr sie mit ihren Händen zu seinen Augen und hielt sie ihm zu. Nur Bruchteile einer Sekunde, bevor sie panisch schreiend zurücksprang. Eine Welle unzähliger, prickelnder kleiner Nadelstiche überflutete ihren Körper bis unter die Kopfhaut und ließ sie erstarren. Kathrin hörte ihren eigenen Schrei und das Hämmern in ihrem Kopf. Als sie sich einigermaßen gefangen hatte, trat sie vor den Sessel. Klaus starrte

mit offenen, leeren Augen nach nirgendwo. Sein Kopf war leicht zur Seite geneigt. Aus einem kleinen runden Loch über seinem linken Ohr war Blut, wie ein dünner roter Faden, am Hals hinab gelaufen und bereits angetrocknet. Kathrin zitterte wie Espenlaub.
„Klaus!", schrie sie in panischer Angst und brach in Tränen aus.
„Nein!", rief sie immer wieder.
„Nein!"
Mit zitternden Händen nahm sie den Telefonhörer in die Hand und wählte die Notrufnummer der Polizei.
Während die Spurensicherung wenig später alles aufnahm und untersuchte, betrachtete Kathrin Klaus. Sie war still, glaubte, neben sich zu stehen. Das Bild brannte sich in ihre Gedanken, als sie Abschied nahm. Dann ging sie ganz langsam hinaus und ließ sich an der Hauswand hinabgleiten. Sie lehnte den Kopf zurück. Heiße Tränen rannen über ihre Wangen. Die Kraft im Haus nach Rita zu suchen, hatte sie nicht mehr.

Theo hatte sich währenddessen in der oberen

Etage des alten Fachwerkhauses ein Büro eingerichtet. Es glich einer kleinen Kommandozentrale. Theo war an diesem Morgen allein und in seine Arbeit vertieft. Seit letzter Nacht überwachte er kontinuierlich die Zugriffe von und zu Wolfs Personalcomputer. Doch Theo war davon überzeugt, dort nichts brauchbares zu finden. Wolf war nicht so dumm, seine Geschäfte über dieses System abzuwickeln. Es blieb auch jetzt alles unauffällig. Theo nannte es schlichtweg langweilig, aber notwendig. Auf einem zweiten Monitor beobachtete Theo Wolfs Bankverbindungen und auf einem Laptop durchsuchte er die Vorstrafenregister der Leute, die für Wolf arbeiteten. Theo hatte Steffen solch ein Alibi verschafft. Der Eintrag war Steffens Eintrittskarte in die Autowerkstatt gewesen. Otto hatte die Liste geschickt.

„Otto du bist ein Genie", sagte Theo leise und vertiefte sich intensiver in die Datenbanken dieser Menschen. Theo war besessen und stellte sich aus dem Pool bunter Informationsfetzen ein bildhübsches Strickmuster zusammen. Wolf arbeitete nur mit Männern zusammen, die bereits eine kriminelle Vorgeschichte hatten. Entweder bezahlte er sie gut oder er erpresste sie. Theo grinste, denn die zweite Möglichkeit erschien ihm wahrscheinlicher. Er unterbrach seine Arbeit nur ungern, aber auf Wolfs Monitor bewegte sich etwas, das sofort seine Aufmerksamkeit erregte. Theos Blick blieb auf dem Bildschirm gerichtet. Er pfiff leise durch die Zähne. Theo kannte Klaus nicht und wie es aussah, würde er auch nie mehr die Gelegenheit dazu bekommen, diesen Mann kennenzulernen. Doch Martin kannte ihn und den würde das interessieren.

Martin saß auf dem Boden seines Lieferwagens, den er vor einer halben Stunde auf dem Parkplatz eines Getränkehandels gestellt hatte. Der fiel bei dem heutigen Trubel hier gar nicht auf. Der Getränkehändler feierte ein Jubiläum. Die ersten Kunden schwirrten seit sechs Uhr auf dem Parkplatz herum. Unzählige kamen hinzu. Martin beobachtete das Treiben und war geteilter Meinung, ob das für den Zugriff gut war. Zumindest fanden seine Männer genügend Deckung, um unauffällig an ihr Ziel zu kommen. Martin wusste genau, dass Wolf bei seinem Bruder im Autohaus war. Er hatte seine Freunde postiert und

stand mit ihnen in Verbindung. Das Autohaus war umzingelt und die Falle konnte zuschnappen. Steffen war das Ass im Ärmel. Martin lehnte an der Wand des Transporters. Seine Nerven waren angespannt. Er hatte den Befehl zum Zugriff erteilt. Im Augenblick konnte er nichts tun. Er musste warten. Die hinteren Sitzplätze des Transporters hatte er ausgebaut, um sein Motorrad, eine Yamaha, bei sich zu haben. Sollte jemand von Wolfs Leuten versuchen zu entkommen, würde er ihn sich schnappen. Martin vernahm das leise Knacken im Ohr, dann Theos Stimme. Nur wenige Worte.
„Klaus hat es erwischt."
„Scheiße", fluchte Martin.
„Und Rita?", fragte er.
„Spurlos verschwunden. Sie muss bei Wolf sein."
Martin presste die Lippen aufeinander. Er war, mit einem Microkopfhörer im Ohr, mit den Männern in Verbindung und gab die Information sofort weiter. Nur Steffen konnte ihn nicht hören. Um ihn sorgte sich Martin. Ihm hatte er nichts geben können, außer der Identität als Krimineller. Wolf kannte alle Tricks und er ließ nur absolut geprüfte Leute in seine Nähe. Das wusste Martin nur zu gut. Er hatte Steffen eine Kapsel mit einem Peil-

sender schlucken lassen.
Es wäre besser gewesen, Wolf dieses Ding schlucken zu lassen, dachte Martin.
Die Zeit lief und setzte Grenzen. Martin wollte alle erwischen, aber vor allem Wolf.

Zur selben Zeit beobachtete Steffen jeden einzelnen der drei Männer, die mit ihm zusammen in der Werkstatt arbeiteten, mit größter Aufmerksamkeit. Sonnenstrahlen fielen schräg durch die milchglasigen Tore herein. Der Geruch von Gummireifen stieg ihm in die Nase. Leise Radiomusik drang an seine Ohren. Steffen schien in seine Arbeit vertieft zu sein, aber er war mit seinen Gedanken ganz wo anders. Seine geschickten Hände taten die Arbeitsgänge automatisch. Abwarten. Mehr konnte und durfte er im Augenblick nicht tun.
Die Autowerkstatt, hinter dem Autohaus von Wolfs Bruder, durfte niemand betreten, außer Wolfs Crew. Der Autohändler Wolf selbst war ein agiler Geschäftsmann. Er hielt sich jedoch aus den Geschäften seines Bruders heraus. Dieser zahlte ihm dafür einen Anteil seines

Gewinnes. Sozusagen als Miete. Vielleicht auch Schweigegeld. Das blieb ein Geheimnis unter den Wölfen. Ab und an wurden hier Nobelkarossen repariert, präpariert, umgebaut, neu lackiert und mit einer vielfältigen Auswahl an verschiedensten Kennzeichen ausgestattet. Selbst astreine Papiere gab es dazu, nicht vom Original zu unterscheiden. Ein besonderer Service, für besondere Kunden. Zahlungskräftige Kunden aus ganz Europa. Das alles hatte Martin Brenner herausgefunden. Nichtmal, als die Kriminalpolizei mit einem Durchsuchungsbefehl hier auftauchte, konnte Schneider Wolf etwas nachweisen. Der hatte das mit einem kühlen Lächeln abgetan.

Steffen pfiff leise die Songs vom Radio mit. Er verstand sein Handwerk als Mechatroniker. Dennoch dachte er die ganze Zeit darüber nach, wie er zu Rita kommen konnte, ohne dass es auffiel. Der Uhrzeit nach zu urteilen, würden Brummer und Otto jeden Augenblick hier auftauchen. Steffen bedauerte, dass er keine Verbindung nach draußen hatte. Als er

sah, dass Maik, der Bursche, der Rita gestern Abend weggebracht hatte, sie nun vor sich her schob, arbeiteten seine Gedanken noch intensiver. Weshalb war sie nicht da geblieben, wo sie eigentlich sein sollte? Bei Klaus!
„Hey! Bist scharf auf die Kleine, was?"
Der Bursche, der neben Steffen getreten war, hatte ihn angerempelt und grinste.
„Und wenn? Was geht`s dich an?", antwortete Steffen mürrisch.
Der Bursche lachte und fuhr unbeirrt mit seiner Arbeit fort.

Maik trug nur ein Unterhemd, das den Blick auf seine zahlreichen Tätowierungen frei gab. Sein Haar fiel strähnig auf die Schultern und er trug dutzende Ringe im Ohr. Er stank widerlich nach Schweiß und Rita ekelte sich vor ihm. Doch Maik ließ ihr keine Chance, sich auch nur ein paar Zentimeter weiter von ihm zu entfernen. Seine Pranke umklammerte ihren Oberarm, sodass kaum noch Blut zirkulierte. Er schob sie geradewegs zum Büro. Wolf erwartete sie bereits. Der saß am

Schreibtisch und sah vom PC auf.

„Ah Rita. Setzen Sie sich, bitte", sagte er freundlich.

Die Pranke löste sich endlich und im Arm begann es zu kribbeln.

Rita setzte sich.

Sie schwieg und wagte niemanden anzusehen. Maik blieb hinter ihr stehen.

„Haben Sie gut geschlafen, Rita?"

„Nein. Ich hatte schon wesentlich bessere Nächte", antwortete Rita eine Spur zynisch.

Wolf grinste.

„Unser Zimmer ist leider nicht sehr komfortabel, aber für einige Stunden durchaus akzeptabel. Ist Ihnen die Antwort auf meine Frage eingefallen, Schwester Rita?"

„Ich weiß nicht wo Martin ist. Unsere Wege haben sich getrennt", antwortete sie mit fester Stimme.

Wolf lächelte Rita unverfroren an.

„Ich finde ihn auch ohne Sie."

„Hat er Ihnen in die Suppe gespuckt?"

Rita war selbst erschrocken über ihre Frage.

Wolf grinste und kniff die Augen zu kleinen Schlitzen, aus denen er sie überaus aufmerksam betrachtete.

„So ist es. Und damit er es nicht noch mal tun wird, werde ich das zu verhindern wissen."

„Was sind Sie nur für ein Polizist?"

„Einer, der genau weiß, was er will, Rita."
Rita hämmerte der Kopf, als wollte er jeden Moment zerspringen.
„Dann kümmern Sie sich um die wahren Verbrecher. Ich habe niemandem etwas getan."
Wolf lachte amüsiert.
„Möchten Sie es langsam oder lieber schnell und schmerzlos?", fragte er schließlich leise, überlegen.
Rita schluckte.
„Ich weiß nichts!", beteuerte sie.
„Die Frage ist nicht, was Sie nicht wissen, Schwester Rita."
Ihr wurde heiß und kalt. Sie zwang sich mit Mühe ruhig zu bleiben. Wolf sah zu dem Mann, der schweigend hinter Rita stand und nickte.
„Sie gehört dir", sagte er nur und erhob sich.
Der Angesprochene schnappte Rita erneut unsanft am Arm. Sie verzog das Gesicht zu einem stummen Schrei.
„Schönen Tag wünsche ich."
Wolf nahm seine Jacke und verließ das Büro.
Der Kerl zog Rita auf die Beine.
Rita atmete schwer.
Wenn dir jetzt nichts einfällt, bist du geliefert, dachte sie und biss ihm in die Pranke.
Maik aber ließ nicht locker. Stattdessen griff er ihr mit der anderen Hand in die Haare und

riss ihren Kopf ruckartig zurück. Mit großen Augen starrte Rita ihn an und biss die Zähne aufeinander. Sein widerwärtiges Gesicht kam dem ihren sehr nahe.
„Du stehst also auf harte Spielchen", stellte er fest.
Rita schnaufte.
„Gut so", grinste Maik schließlich. „Ich kann jammernde Weiber nicht ausstehen."
Dann stieß er Rita mit dem Kopf auf Wolfs Schreibtisch.
Rita klammerte sich am Computerbildschirm fest und zerrte ihn zu sich. Der Kerl hinter ihr wurde wütend und riss ihr die Hände weg.
„Noch ein Mal...", warnte er.
Rita hatte in ihrer panischen Angst längst begriffen, dass sie keine Chance mehr hatte. Entweder sie versuchte zu kämpfen oder sie blieb ihm wehrlos ausgeliefert. Weder der eine noch der andere Gedanke gefiel ihr. Aber ihr Lebenswille war stärker. Rita atmete hastig. Sie glaubte, ersticken zu müssen. Mühsam rang sie nach Luft, in der der widerwärtige Schweißgeruch dieses Kerls lag, vor dem sie sich ekelte. Noch immer hielt der sie an den Haaren gepackt, während er sich mit der anderen Hand an ihrer Jeans zu schaffen machte. Der Schmerz ließ Rita unwillkürlich die Tränen in die Augen

steigen. Sie nahm all ihren Mut und ihre Kraft zusammen und stieß mit dem Ellenbogen, so kräftig sie konnte, nach hinten. Der Schlag saß.

„Jetzt reicht`s", fauchte Maik in Ritas Ohr, dass sein Speichel sprühte.

Er ließ ihre Haare los und griff nach ihren Handgelenken. Mit einer Pranke umgriff er beide, wie ein Schraubstock, sodass das Blut in den Adern stockte. Jemand riss die Tür auf.

„Na, wirst du mit der Wildkatze nicht fertig? Soll ich dir helfen Maiki?", hörte Rita die Stimme eines anderen Mannes und dann das Schnalzen seiner Zunge.

„Macht dich das an, Mann?", grunzte Maik genervt. „Ja, Mann. Mach sie nicht alle. Lass mir auch was übrig."

Maik lachte heißer.

„Verschwinde! Die gehört mir."

Der andere gehorchte. Die Tür fiel ins Schloss. Rita versuchte noch einmal, sich aus dem festen Griff zu lösen. Vergeblich.

Verdammt! Wenn ich mich wenigstens umdrehen könnte, dachte sie.

Steffen hatte beobachtet, dass der Tätowierte Rita, gegen ihren Willen, in Wolfs Büro geschleift hatte. Er wurde unruhig. Als er gerade den ersten Schritt in Richtung Büro setzte, rempelte ihn der Bursche von vorhin wieder an, der ihm von dort aus entgegen kam.
„Hey warte die Zeit ab. Kann sein, dass du auch noch an die Reihe kommst. Aber immer schön hinten anstellen."
Der Bursche machte eine eindeutige Bewegung mit seinem Becken und grinste hintergründig. Steffen schielte zu ihm und presste die Lippen aufeinander. Die Zeit lief.

„Lass mich los verdammt. Ich will dir wenigstens in die Augen sehen", brachte Rita mühsam hervor. Ohne zu antworten drehte Maik sie blitzschnell um und drückte sie hart gegen die Schreibtischplatte, während er mit der anderen Hand seine Gürtelschnalle öffnete. Sein Blick wirkte wütend und irre. Noch immer rang Rita nach Luft. Die Angst ließ sie am ganzen Körper beben. Sie hatte nur einen Versuch! An der Grenze ihrer

Kräfte angekommen, nahm sie all ihren Mut und ihre letzte Kraft zusammen und ließ damit ihr rechtes Knie zwischen Maiks Beine schnellen. Der Kerl, der mit einer solchen Aktion wohl nicht mehr gerechnet hatte, fuhr stöhnend zusammen. Reflexartig nahm er seine Hände zu dieser, schmerzenden, Stelle seines Körpers. Rita hatte inzwischen Luft bekommen und wiederholte ihren Tritt noch einmal, mit voller Wucht, gegen seinen Unterkiefer, sodass sie seine Zähne aufeinander schlagen hörte. Der Kerl ging stöhnend zu Boden. Geistesgegenwärtig riss sie den Computer vom Schreibtisch und schlug ihn Maik auf den Schädel. Es gab ein furchtbares Geräusch. Rita schloss unwillkürlich die Augen und hielt die Luft an. Der Mann blieb reglos am Boden liegen. Sein Kopf blutete stark, als sie ihn schließlich betrachtete. Keuchend verharrte Rita einen Augenblick.
Scheiße! Ist der etwa tot?
Der Gedanke jagte ihr erneut Angst ein. Mit zitternden Händen schloss sie ihre Jeans. Nichts wie raus hier!

Die Tür, die nach draußen führte, war verschlossen. Rita hatte es kaum anders erwartet. Das Fenster war vergittert. Der einzige Fluchtweg führte durch die Werkstatt. Dieser Gedanke lähmte sie für einen Augenblick. Dann öffnete sie ganz langsam und vorsichtig diese Tür. Sie lauschte. Deutlich hörte sie die Geräusche und die Stimmen der Männer. Mit geöffnetem Mund versuchte sie ihren schnellen Atem zu besänftigen. Rita schloss die Augen und sammelte ihre Kräfte. Dann überzeugte sie sich, dass niemand kam und schob sich durch den Türspalt. Plötzlich spürte sie, wie jemand sie packte und ihr die Hand fest auf den Mund presste. Ein erneuter Adrenalinstoß schoss durch ihren Körper. Rita glaubte fast ohnmächtig zu werden. Dieser Jemand schob sie zurück. Sie ließ es willenlos geschehen. Sie hatte keine Kraft mehr, sich zu wehren.
„Psst. Ich bin`s, Steffen. Wenn du nicht schreist, nehme ich die Hand weg. Okay?"
Sie nickte.
Steffen tat, wie er gesagt hatte. Wieder rang Rita nach Luft. Erschöpft lehnte sie sich gegen die Wand, während Steffen die Tür verschloss.
„Ich bin nicht dein Babysitter! Kannst du dich nicht einmal an die Regeln halten?", fuhr

Steffen Rita leise an.

„Ach an welche Regeln denn, he?", fauchte Rita zurück.

„Da zu bleiben, wo du in Sicherheit warst."

„Welche Sicherheit, verdammt? Ihr steckt doch alle unter einer Decke", zischte Rita Steffen an.

Steffen atmete hörbar tief durch und sah sich eilig um.

„Du musst schleunigst raus hier!"

„Ha! Super! Auf diese Idee bin ich auch schon gekommen."

„Hast du den Kerl da KO geschlagen?"

„Ja", antwortete sie.

Steffen kniete sich zu ihm.

„Sieht aus, als hättest du ihm den Schädel zertrümmert. Der braucht nie wieder einen PC."

Er lachte leise.

Rita starrte sprachlos auf den Toten.

„Raus mit dir! Um die Ecke ist ein Getränkehandel. Du tauchst in der Menge unter und wartest auf uns. Alles klar?"

„Nichts ist klar!", schnaufte Rita.

„Verschwinde einfach aus der Schusslinie. War das deutlich genug?"

Rita hatte keine Kraft, keinen Atem und keine Lust mehr, mit Steffen zu diskutieren.

„Okay, Mister Superschlau. Und wie? Wo ist

der Ausgang?", fragte sie trotzig und verschränkte die Arme.
Steffen öffnete ihr die Tür, die direkt nach draußen führte, auch ohne Schlüssel.
„Du bist kein Schafzüchter. Du bist verrückt", zischte sie ihn leise an.
„Ja, das muss ich wohl sein. Verschwinde endlich!", mahnte Steffen mit Nachdruck zur Eile.
Rita schlüpfte zur Tür hinaus und ging.
Steffens Blick folgte Rita, bis sie diesem entschwand.

Kapitel 4

Gegen die Zeit

Ein Mann lehnte am Pfosten einer Werbetafel, tat einen letzten Zug aus seiner selbstgedrehten Zigarette und trat sie aus. Mit der schwarzen Kleidung fiel er niemandem auf. Es war noch dunkel an diesem Morgen. Dann ging er über die Straße. Ein Pappbecher tanzte im Windwirbel eines vorbeigefahrenen Autos über den Asphalt. Schließlich blieb er in der Gosse liegen. Michael Otoraki, den alle nur Otto nannten, verzog keine Miene. Ottos Interesse galt dem Außengelände und dem Eingang des Autohauses. Er beobachtete den großen, dicken Mann, der dort drüben schon seit einiger Zeit Graffitisprühfarben von einer Mauer schrubbte. Dessen Ausdauer war bemerkenswert. Der Dicke stellte seine Arbeit in diesem Augenblick ein.

Brummer warf seine Putzutensilien in den Eimer.

Otto blickte kurz auf seine Armbanduhr. Leise pfiff er eine Melodie und steuerte auf die gläserne Eingangstür zu. Vor der Tür bezogen inzwischen zwei Männer Posten. Zwei weitere patrouillierten zwischen den Gebrauchtwagen.

Brummer schlenderte schließlich zwischen den Gebrauchtwagen nach hinten. Er schien Gefallen an seiner Arbeit als Gebäudereiniger zu finden, denn noch immer schleppte er den Eimer mit sich herum. Eines der beiden Rolltore der Werkstatt stand offen. Ein roter Mini stand auf der Rampe. Es schien niemand hier zu sein.
Auf sein „Hallo!?" antwortete niemand.
„Alles sauber. Hier gibt's nichts zu putzen", sagte er schließlich scheinbar zu sich selbst.
Dann stellte Brummer den Eimer ab und steckte seine Knollennase tiefer in diesen Servicebereich. Vor einem weiteren Tor, das verschlossen war, endete zunächst seine Entdeckungstour. Noch interessanter fand Brummer allerdings die beiden Werkstatttore, die sich hinter einem Metallzaun befanden.

Otto stand vor der großen Glastür und drückte die Nase gegen die Scheibe. Das Autohaus hatte noch geschlossen. Dennoch klopfte er unnachgiebig gegen das Glas. Ein junger Mann kam zur Tür.

„Wir haben noch nicht geöffnet!", rief der hinter der geschlossenen Tür.
Otto tippte auf die Uhr.
„Ja! Ich habe einen verdammt dreckigen Maserati. Ein Freund arbeitet hier. Er sagte, Sie könnten ihn jederzeit säubern", rief er zurück.
„Tut mir leid, aber vielleicht versuchen Sie es mal in der Waschanlage."
„Verdammt! Machen Sie die Tür auf!", schrie Otto wütend.
Der Mann schüttelte den Kopf.
Otto zog seine Pistole und richtete diese auf ihn. Der Mann starrte Otto irritiert an. Dann öffnete er.
„Wo ist Ihr Boss?", fragte Otto scharf.
„Wie ist Ihr Name?"
„Petrov", log er.
„Warten Sie bitte einen Augenblick."
Der junge Mann wandte sich zum Gehen. Als er die zwei vermummten Männer durch die Tür kommen sah, setzte er zur Flucht an. Otto packte ihn an der gestreiften Krawatte.
„Bring mich zu deinem Boss, aber `n bisschen flott. Die Zeit Läuft."
„O… okay", stotterte der Mann hastig.
Lautlos schwirrten die Männer durch die Räume.
Otto folgte dem Mann nach hinten. Die Kra-

watte ließ er nicht los.

„Keine Angst", sagte Otto. „Das ist nur zu Ihrer Sicherheit."

Brummer kam durch die hintere Tür herein.

„Ist das alles?", fragte er enttäuscht.

Otto nickte.

Brummer verzog das Gesicht. Dann grinste er.

„Hast du keinen Babysitter für den da gefunden?"

Otto wandte sich zu dem Mann, den er noch immer an der Krawatte hielt.

„Wo ist Wolf?"

„K... keine Ahnung. Er... er hat`s nicht gesagt", stotterte der.

Otto ließ die Krawatte los.

Einer der vermummten Männer nahm den Mann wortlos mit sich.

Brummer wischte sich die Hände an der Hose ab. Er lachte nicht mehr. Eilig ging er zu der Tür hinaus, durch die er eingetreten war. Otto folgte ihm auf den Fersen. Der rote Mini stand unverändert auf der Rampe. Es roch nach Öl, Farbe und Kraftstoff. In der Werkstatt herrschte Ordnung und es war sauber. Nur ein paar welke Blätter hatte der Wind zum offenen Tor herein geweht. Sie hatten sich in einer Ecke verfangen. Zielstrebig steuerte Brummer zu dem verschlossenen Tor. Er trommelte mit der Faust dagegen.

Otto ging außen herum. Er öffnete schließlich eine Metalltür. Daneben befand sich ein vergittertes Fenster. Schnell ließ er seinen Blick umherschweifen. In Wolfs Büro war niemand. Der am Boden liegende war offensichtlich tot. Otto öffnete die andere Tür und gelangte in den Lagerraum. Grelles Neonlicht beleuchtete den Gang zwischen großen Regalen. Otto blinzelte. Es war niemand hier. Er lauschte, vernahm gedämpfte Geräusche und Stimmen. Lautlos öffnete er die nächste Tür und gelangte so in die Werkstatt. Gerade in dem Augenblick waren zwei der Männer im Begriff, das Tor zu öffnen. Einer der beiden war Steffen. Otto hatte ihn sofort erkannt. Der musste es öffnen, während sich der andere Kerl, mit einer Eisenstange in den Händen, dahinter postierte.

„Hi Kumpel!", begrüßte Steffen den großen Dicken.
„Hallo Kleiner. Wie geht`s?", grinste der und warf sich mit voller Wucht gegen den Torflügel.
Der knallte dem Kerl, der sich dahinter pos-

tiert hatte, mit voller Wucht gegen die Nase. Er stöhnte laut auf und ließ die Stange fallen. Steffen griff sofort danach. Dann ging alles sehr schnell. Die zwei Männer, die ihrem Kumpel helfen wollten, standen bereits mit erhobenen Händen vor Otto. Zwei der vermummten SEK Leute kamen dazu, tasteten die gestellten Männer ab und nahmen sie mit hinaus.

Martin, der alles mitbekommen hatte, war längst aus dem Transporter gesprungen und schwirrte in jeden verborgenen Winkel. Schließlich kannte er sich hier bestens aus. Er und seine Freunde suchten nach Spuren, irgend einem Hinweis, weshalb Wolf unentdeckt entkommen war.
„War das alles?", fragte Brummer enttäuscht.
„So sieht es aus. Wir haben den Laden ausgehoben und nur die Brötchen erwischt", meinte Otto daraufhin.
„Er war hier! Ich habe ihn gesehen!", schnaufte Steffen wütend. „Ist nur eine viertel Stunde her."
Dann spuckte er wütend auf den Boden.
Kurz darauf trat Schneider zu ihnen.
„Habt ihr ihn erwischt?"
„Wolf ist geflüchtet! Sein BMW steht hier und seine Bodyguards sind nicht gekommen", ant-

wortete Martin.
Die Unzufriedenheit in seiner Stimme war unüberhörbar. Schneider strich sich nachdenklich über sein Kinn. Er schwieg.
Theo antwortete.
„Wolf ist jetzt gerade an seinem Arbeitsplatz aufgetaucht."
Martin wurde noch wütender, als er ohnehin schon war. Wortlos wandte er sich um und ging zu seinem Lieferwagen. Seiner Verfassung entsprechend trat er gegen den Reifen, bevor er einstig.
„Martin? Bist du noch dran?", hörte er Theos Stimme.
„Ja", antwortete er knapp. „Was meinst du? Hatte er Wind bekommen oder einfach nur verdammtes Glück?", fragte Martin.
„Das ist beides gut möglich. Aber höre gut zu, was ich dir jetzt sage! Er hat heute Morgen, genau vor zwanzig Minuten, von einem Dienstanschluss einen Anruf bekommen. Es wurde nichts gesprochen."
Theo machte eine kurze Pause.
Martin hörte ihn leise lachen.
„Und?"
„She drives me grazy. Ein toller Song. Nur vier Sekunden. Dann legte er auf."
„Eine Botschaft?", fragte Martin.
„Mit Sicherheit."

„Okay."
„Aber das ist noch nicht alles, Martin. Gerade eben hat Wolf fünf Millionen auf einem Schweizer Konto verbucht. Das Konto ist als Spendenorganisation getarnt", redete Theo weiter.
Martin hielt die Luft an und pustete sie durch den schmalen Spalt seiner Lippen.
„Woher?"
„Das weiß ich noch nicht. Ich suche noch. Das wird ganz schön heiß."
„Am liebsten möchte ich ihn aus seinem Büro zerren. Reicht das nicht für einen Haftbefehl?"
„Da muss ich dich enttäuschen, mein Freund. Der Antrag wurde bereits zweimal abgelehnt. Die Beweise sind keine Beweise, nur Indizien, Vermutungen. Nichts handfestes, womit die Staatsanwaltschaft ihn endgültig festsetzen kann. Wolf muss verdammt einflussreiche Freunde haben. Informanten."
„Und sein plötzlicher Kontozuwachs? Der ist nachweisbar!"
„Martin! Das wissen nur wir beide. Was ich hier mache ist illegal. Keine Genehmigung. Dafür kann mich Wolf hinter Gitter bringen."
Martin atmete hörbar tief durch. Das, was er jetzt gerade dachte, sagte er lieber nicht. Er zögerte einen Augenblick.
„Okay. Ich gehe zu ihm. Ich werde ihn auf-

scheuchen, wie der Jäger seine Beute."
„Ohne Schneiders Befehl? Du weißt, dass er es nicht billigt, allein zu gehen."
„Ich gehe nicht alleine, Theo."
Martin hörte Theo leise lachen.
„Viel Glück und sei vorsichtig", mahnte der.
„Okay."

Ein wenig später öffnete jemand, von außen, den Lieferwagen. Zwei Männer stiegen ein. Brummer ließ sich schnaufend auf dem Fahrersitz nieder und Otto setzte sich neben ihn. Sie sprachen erst, als sie die Türen geschlossen hatten.
„Das ist zum Mäuse melken", maulte Brummer.
„Wo ist Steffen?", fragte Martin.
„Draußen. Er sucht die Krankenschwester", antwortete Otto.
Martin schnaufte.
„Also doch `n Babysitter", stellte er fest. „Du bringst sie zu Theo, Brummer."
„Aye aye Käpt`n!"
„Ich jage den Wolf aus seinem Revier. Wenn er nervös wird, macht er einen Fehler."

„Was? Du willst ernsthaft Pokern, Marty?", fragte Brummer überrascht.
„Warum nicht? Wolf spielt gerne. Lassen wir ihm den Spaß. Nur werden *wir* jetzt die Spielregeln aufstellen", entgegnete Martin. „Seit fast einem Jahr sind wir ihm auf der Spur und er hat mit uns Katz und Maus gespielt."
„Hmhm", machte Otto. „Höchste Zeit, sich von der Leine zu reißen und zuzubeißen. Schneider ist viel zu übervorsichtig."
Brummer lachte dumpf.
Otto öffnete die Tür, als Steffen kam. Er kam allein.
„Rutsch mal", knurrte Steffen, zwängte sich neben ihn und zog die Tür zu. „Sie ist weg!"
„Weiber", bemerkte Brummer verächtlich und verzog das Gesicht.
„Es könnte ja so einfach sein", meinte Martin.
„Isses aber nicht. Ha ha!"
Steffen schnaubte.
„Bleib cool Alter. Wir haben voll in die Scheiße gegriffen. Was solls! Jetzt kann`s ja nur noch besser werden", versuchte der Dicke zu beschwichtigen.
Steffen schwieg und starrte zum Fenster hinaus.
„Fahr los, Brummer. Je eher wir Wolf festnageln, um so besser für alle. Er hat grad fünf

Mille kassiert", sagte Martin.
„Fünf Millionen!? Puh... verdammt. Wie viele krumme Geschäfte? Wie viele Leben? Und er kriegt nicht genug."
Otto schüttelte den Kopf, ließ die Seitenscheibe herab und spuckte seinen Kaugummi im hohen Bogen aus, während Brummer Gas gab.

Etwa eine halbe Stunde später betrat der Kriminalkommissar der Sonderkommission interner Ermittlungen, Martin Brenner, die Dienststelle in der Andreasstraße. Er meldete sich mit seinem Dienstausweis an. Da er verdeckt gegen Wolf ermittelt hatte, kannte ihn hier, außer Schneider, niemand. Martin nahm den Aufzug. Mit ausgreifenden Schritten lief der Mann im schwarzen Bikeroutfit und dem finsteren Blick den Gang entlang. Die Tür wich seiner Gestalt und flog geräuschvoll gegen die Wand, als er Wolfs Büro betrat. Der Schwung reichte aus, um sie wieder zu schließen. Wolf sah ehrlich überrascht zu Martin.
„Ich wusste doch, dass du noch lebst", be-

merkte er zynisch.

„Du bist verhaftet. Alles, was du zu sagen hast, interessiert mich nicht. Ich habe Beweise, die vor Gericht Stand halten!"

„Was ist denn in dich gefahren?", fuhr Wolf ihn an.

Der Mann mit den grauen Haarstoppeln, lehnte sich lässig zurück und lächelte Martin unverfroren an, während er mit einem Kugelschreiber spielte.

„Haben sie dir etwa einen Haftbefehl gegeben?", fragte Wolf spöttisch.

„Ja. Den gibt es."

„Dann zeige ihn mir."

Martin zog die Handschellen heraus und ließ sie vor Wolfs Nase pendeln.

„Junge..." Wolf schüttelte den Kopf. „Du musst noch viel lernen."

„Wie man einen umlegt?"

Wolf schnippte auf und sein Gesicht verfinsterte sich.

„Vorsicht!", zischte er Martin an.

„Ein Menschenleben ist dir keinen Pfifferling wert. Oder vielleicht doch? Wie wäre es mit einer Million? Oder gar mit fünf?"

„Hm!", machte Wolf geringschätzig. „Damit kannst du keinen Hund hinter dem Ofen hervorlocken."

„Deine Werkstatt ist geschlossen und deine

Gorillas sind beim Auspacken."
Wolf lachte.
„Du bluffst doch nur. Kannst deine Niederlagen nicht mehr ertragen."
„Sicher?"
Martin lächelte bitter.
„Verschwinde", sprach Wolf gefährlich leise und kniff die Augen zu kleinen Schlitzen.
„Erst wenn du im Knast bist", entgegnete Martin in gleicher Weise und ließ die Handschellen um Wolfs Handgelenk klacken, bevor der es begriff.
„Du machst dich lächerlich, du Witzfigur!", fuhr Wolf ihn wütend an.
„Dann lach doch!"
Martin zog ihn mit einem unsanften Ruck auf die Beine, sodass Wolf schmerzhaft das Gesicht verzog. Widerwillig fügte sich Wolf und folgte ihm zur Tür hinaus. Er hatte keine andere Wahl, denn Brenner ließ die Handschellen nicht mehr los.
Durch die Fenster im Gang drang mäßig Tageslicht herein. Eine der Neonröhren an der Decke flackerte. Der graue Teppichboden dämpfte die Schritte. Zwei Kollegen traten aus einem der Büros. Ehrlich verdutzt unterbrachen sie ihr Gespräch und musterten das seltsame Paar. Martin grüßte freundlich.
Wolf sprach sie an. „Befreit mich von dem

Irren hier! Aber schnell! Der gehört zum Psychologen!"
Die beiden Männer schienen unschlüssig zu sein. Martin zerrte Wolf weiter.

Während Martin mit Wolf zu den Fahrstühlen abbog, betrat ein junger Mann unbemerkt Wolfs Büro und setzte sich auf dessen Platz. Er trug winzige Kopfhörer im Ohr und nickte im Rhythmus mit dem Kopf. Dann tippte er, mit flinken Fingern, auf der Tastatur herum. Es wirkte fast so, als würde er Klavier spielen.

Wolf beschimpfte Martin lauthals einen Spinner, sodass er die Aufmerksamkeit aller auf sich und Martin zog. Bereits am Fahrstuhl wurden sie von zwei Männern abgefangen, die Martin nicht gerade freundlich aufforderten, Wolf sofort frei zu lassen. Da Martin sich weigerte, kamen zwei weitere Polizeikollegen hinzu, die mit Mühe versuchten, ihn festzuhalten. Martin wehrte sich.

Irgendwann war es den Männern schließlich gelungen, Martin zu überwältigen und Wolf die Handschellen vom Gelenk zu nehmen.

Wolf lächelte triumphierend, wobei er Martin einen vernichtenden Blick schickte. Er rieb sich sein schmerzendes Handgelenk.

„Alles in Ordnung?", fragte schließlich einer der Männer.

„Wer zum Teufel stellt solche Idioten in den Polizeidienst?", schnaufte Wolf wütend und wandte sich zum gehen.

Martin wurde abgeführt. Er ließ es geschehen.

Der Mann, der Wolfs Büro betreten hatte, arbeitete unter Hochdruck. Steffen waren die Schweißperlen unweigerlich auf die Stirn getreten.

„Achtung! Er kommt zurück", mischte sich Ottos Stimme zwischen Theos Anweisungen. Steffen nickte. In höchster Anspannung kaute er auf seiner Unterlippe. Theo sprach unbeirrt weiter. Steffen tippte schnell auf der Tastatur herum, ohne den Blick zu heben.

„Verflucht noch mal", zischte er leise zu sich selbst und tippte auf `Enter`.

Der Transfer wurde sofort bestätigt.
„Bingo", grinste Steffen zufrieden.
„Verschwinde!", mahnte Theo.

Wolf griff nach der Türklinke. Blind vor Wut bemerkte er den Schatten nicht, der zwischen seinem Aktenschrank und der Wand verschwand. Der Stuhl, auf den er sich setzte, war noch warm.
„Wer zum Teufel hat sich an meinem ... Scheiße!", fluchte Wolf laut, während er auf die Tastatur hämmerte. Dann stürmte er wütend aus seinem Büro.

Martin stand am Fenster. Das Büro seines Vorgesetzten befand sich im vierten Obergeschoss. Dorthin hatte man ihn gebracht. Die Luft erschien ihm, trotz Klimaanlage, stickig. Die Arme verschränkt, blickte Martin hinaus und beobachtete das Geschehen auf der Straße. Die Blechkolonne drängte von Ampel zu Ampel Stadteinwärts.

Eine Straßenbahn fuhr, nach ihrem Stopp, gerade wieder an. Die Sonne hatte sich hinter grauen Wolken versteckt. Auf dem Fenstersims zankten zwei Spatzen. Der Lärm drang nicht durch die isolierten Glasscheiben herein. Schweigend ließ Martin Schneiders Standpauke über sich ergehen.
„Was ist bloß in dich gefahren?! Hast du den Verstand verloren? Du hast unser ganzes Unterfangen gefährdet. Ich bin nahe dran, dich zu suspendieren."
Schneider schnappte nach Luft und wartete.
Doch Martin schwieg. Reglos starrte er hinaus, zuckte nicht einmal mit der Wimper.
„Hörst du mir überhaupt zu?"
„Ja", antwortete Martin nur knapp.
„Ist das alles, was du dazu zu sagen hast?"
Martin schwieg.
„Du hast Wolf gewarnt. Unsere Ermittlung ist aufgeflogen, mit deinem Affentheater. Du gefährdest uns alle!"
Schneider machte eine Pause.
„Verdammt!"
Martin regte sich nicht. Noch immer starrte er zum Fenster hinaus.
„Rede mit mir!", forderte Schneider ihn ungeduldig auf.
„Sie sollten mich besser kennen", sagte Martin schließlich, ohne sich umzudrehen.

„Dann sage mir, verdammt nochmal, was du damit bezwecken wolltest. Was hast du vor?"
„Ich war mal mit den Hunden im Wald. Sie haben eine Schar Rebhühner aus dem Dickicht aufgescheucht. Leichte Beute. Einem Jäger wären sie direkt vor die Mündung geflogen."
„Das ist zu gefährlich Martin. Das kann ich nicht zulassen."
„Wie lange wollen wir noch warten? Ich hatte kein Gewehr dabei. Ich habe nur zugesehen, wie die Rebhühner davon geflogen sind."
„Wolf ist kein Rebhuhn."
„Aber ich bin der Jäger!", entgegnete Martin hart.
„Es gibt Dienstvorschriften."
Martin wandte sich zu Schneider um.
„So? Für wen? Für Wolf jedenfalls und noch einige scheinen die nicht zu gelten. Aufgeflogen bin ich schon vor fünf Tagen und er hätte mich um ein Haar erschossen. Reicht das noch nicht? Er weiß längst, dass er im Visier ist und er weiß genau so gut, dass wir machtlos sind. Es scheint ihn zu amüsieren, Katz und Maus mit uns zu spielen." Martins Worte klangen wie abgefeuerte Schüsse aus einem Schnellfeuergewehr.
„Ich darf das, was du vor hast, nicht genehmigen. Tut mir leid, Martin, aber ich bin für

deine Sicherheit zuständig und verantwortlich."

„Das hier ist nicht Hollywood", meinte Martin darauf sarkastisch und schüttelte den Kopf.

„Vielleicht sollte ich meinen Beruf wechseln. Der als zahnloser Hund an der Leine gefällt mir nicht mehr", fügte er verbittert hinzu.

„Du willst wohl doch gerne den Helden spielen?"

„Nein! Ich will nur meinen Job tun. Ich will eines Tages in meinen Wagen steigen und starten, ohne in die Luft zu fliegen und ich will wieder ruhig schlafen können."

Diesmal unterstützte er seine Worte durch deutliche Gesten.

Stille trat ein.

Schneider atmete hörbar tief durch und nickte schließlich.

„Sei vorsichtig", sagte er leise.

Martin nickte.

„Ich habe übrigens eine von euch vermisste Person gefunden. Ziemlich verstört irrte sie ziellos umher", sagte Schneider ein wenig geheimnisvoll und auf seinem Gesicht erschien ein Grinsen, als er die Tür zum Nebenzimmer öffnete.

„Kommen Sie herein."

Martin wandte seinen Blick dort hin.

Rita trat ein.

„Ich glaube ihr kennt euch bereits", sagte Schneider und schloss die Verbindungstür von außen.

Martin blieb reglos an seinem Platz und starrte Rita an. Seine Gesichtszüge konnten ernster nicht sein.
„Hallo", begann sie. „Wie geht es dir?"
„Hallo, Rita. Gut. Danke. Und dir?", antwortete er tonlos.
„Ich will nur nach Hause. Ich will auch wieder ruhig schlafen können."
„Hast du etwa..."
„Ihr habt ziemlich laut gesprochen und die Tür war nicht ganz verschlossen."
Langsam ging Rita auf Martin zu, blieb direkt vor ihm stehen und sah ihm fest in die Augen.
„Werden sie mich ins Gefängnis stecken?"
Um Martins Mundwinkel herum spielte ein Lächeln, welches seine Grübchen erscheinen ließ.
„Ja. Lebenslänglich."
„Ich hatte Angst. Klaus ist tot", sagte sie leise.
Langsam hob Martin die Hand und strich ihr eine Haarsträhne aus dem Gesicht.

„Ich weiß. Das tut mir unsagbar leid."
Mit diesen Worten umschloss Martin die junge Frau mit seinen Armen und zog sie ganz zu sich heran. Rita schmiegte sich an ihn. Es tat unglaublich gut, dass er da war. Ihr Herz schlug viel zu schnell und das sanfte Kribbeln, das durch ihren Körper fuhr, war nicht unangenehm. In ihren Gedanken wuchs der Wunsch, dass die Zeit jetzt stehen bleiben könnte.
Diese Gedanken wurden durch das Klopfen an der Tür jäh abgebrochen. Sie lösten sich voneinander.
„Herein!", rief Martin.
Ein großer Mann mit Vollbart trat ein, gefolgt von einem Schwarzhaarigen. Sie grüßten.
„Das ist Rita. Rita, das sind Brummer und Otto", stellte Martin kurz vor.
„Hallo", sagte Rita zurückhaltend.
Die beiden Männer erwiderten freundlich.
„Wolf ist auf dem Weg. Wir sollten keine Zeit verlieren, Martin", berichtete Otto.
„Und er scheint ziemlich deprimiert zu sein", grinste der Dicke triumphierend.
„Dann los! Rita! Du steigst zu Brummer in den Lieferwagen. Er bringt dich nach Hause. Dort wartest du."
„Worauf?"
„Auf mich!", grinste Martin frech.

Mit diesen Worten waren er und Otto zur Tür hinaus, bevor Rita etwas sagen konnte.
„Komm Killer. Die Zeit rennt. Zum Finale muss ich wieder hier sein."
Brummer lachte und zog Rita mit sich.

Ein Motorradfahrer drehte das Gas auf und brummte dröhnend an Rita und Brummer vorbei. Zwei weitere folgten ihm.
Martin folgte dem schwarzen BMW, der gerade vom Parkplatz des Dienstgebäudes fuhr, als Erster. Auf der Straße brachte er seine Maschine auf die Überholspur, direkt neben die Limousine. Wolfs Fahrer saß am Steuer. Der musste mit dem Wagen vom Autohaus hierher gekommen sein. Wolf schien auf dem Beifahrersitz zu sein. Martin glaubte ihn erkannt zu haben. Der Integralhelm verbarg Martins Gesicht. Der Fahrer starrte geradeaus und schenkte dem Motorrad keine Beachtung. Martin ließ sich zurückfallen. Die drei Motorräder schwirrten wie Bienen durch den Feierabendverkehr der Stadt, um Wolf nicht aus den Augen zu verlieren. Das war ihr Vorteil. Bis zum Gothaer

Platz staute sich der Verkehr in Richtung Messegelände. Was hatte Wolf vor? Meter für Meter rückte die Blechlawine Stadtauswärts. Die Männer warteten geduldig. Die schwarze Limousine bog zum Messegelände ein und rollte langsam über den Parkplatz. Martin, Steffen und Otto folgten in Sichtweite. Verwirrend wurde das Spiel, als eine weitere Limousine gleichen Typs auftauchte. Lange kreuzte Wolf über den Parkplatz, als würde er eine Parklücke suchen. Wie zufällig rückte der BMW schließlich neben den anderen. Die drei Motorräder stoppten zwischen den parkenden Autos und beobachteten, dass zwei große Männer aus dieser Limousine zu Wolf in den Wagen stiegen.

Wolf blieb auf seinem Platz, während die beiden Männer, die er erwartet hatte, sich hinter ihm auf die Rückbank setzten. Unzufrieden und nervös zündete Wolf sich eine Zigarette an. Er gestand es sich selbst nur ungern ein und niemand sollte seine Unruhe bemerken.
„Was gibt`s?", fragte ihn der, der direkt hinter

ihm saß.

„Arbeit", knurrte Wolf.

Er zog lange an der Zigarette und blies den Rauch gerade vor sich heraus.

„Dieser dreckige, kleine Wurm will es einfach so."

„Weshalb läuft er eigentlich noch frei herum?"

„Weil du Idiot nicht richtig getroffen hast", fauchte Wolf.

Der Mann hinter ihm lachte leise.

„Und nun? Hat er dich aus der Fassung gebracht, Boss?"

„Der ist überfällig! Der Bursche hat uns gerade um fünf Millionen erleichtert. Das Geld ist auf einem Konto für Witwen und Waisen, Opferhinterbliebene, gelandet und er hat eine europaweite Fahndung nach mir rausgegeben."

Der Grimmige grinste.

„Respekt."

„Arschloch!", zischte Wolf.

Hastig zog er an seiner Zigarette und schnippte sie, halb zum Fensterspalt hinaus.

„Aber ich habe inzwischen erfahren, wo er sich versteckt hält und er ist nicht allein."

„Wie viele?"

„Zwei oder drei."

Der Grimmige lachte.

„Die Polizei spart, wo sie nur kann."

„Umso besser für uns", brummte Wolf.
„Wo?", fragte der Hühne, der hinter dem Fahrersitz hockte.
„Ein abtrünniger Bauernhof in Seega, nur einen Katzensprung von hier entfernt. Ich will kein Aufsehen. Schnell und lautlos."
„Deswegen sind wir hier."
„Und Brenner werde ich mir dieses Mal persönlich vorknöpfen!"
„Alles klar. Er gehört dir."
Wolf sah auf die Uhr.
„Okay", sagte er. „Ihr folgt uns."
Langsam verließen die zwei schwarzen Limousinen den Parkplatz. Drei Motorradfahrer folgten ihnen unbemerkt.

„Wenn sie sich trennen, bleibe ich am ersten Wagen, Steffen und Otto am zweiten", sprach Martin in sein Helmmikrofon, sodass seine Freunde ihn verstehen konnten.
„Roger!", bestätigten sie.
Die beiden Limousinen bogen rechts ab und gaben Gas. Der Weg zum Binderslebener Knie war stark befahren. Es war Rushhour. Sowohl die Verfolgten als auch die Verfolger

verhielten sich unauffällig und schwammen im Strom mit. Die Motorradfahrer wahrten den Abstand. Eine moderne, rote Skulptur, die mit ein wenig Phantasie einem überdimensionalen angewinkelten Knie ähnelte, tauchte mitten am Verkehrsknotenpunkt auf. Die Limousinen waren gezwungen, alle paar Meter zu stoppen, bevor der Tross der Fahrzeuge langsam wieder in Bewegung kam. Beide BMW verließen die Stadt in nördlicher Richtung. Auf der vierspurigen Bundesstraße legten sie Tempo vor.
„Denkt ihr jetzt auch, was ich denke?", fragte Martin.
„Hmhm. Ich denke, ich werde in kurzer Zeit Besuch bekommen", antwortete Steffen.
„Dann wird es höchste Zeit, dass du nach Hause kommst, Bruderherz!"
„Okay! Ich setze schon mal Kaffee an", antwortete Steffen und schoss mit unzulässiger Geschwindigkeit davon.
Martin informierte sofort Theo. Doch der antwortete nicht, auch nicht nach mehreren Versuchen Martins. Es herrschte absolute Funkstille.
„Das verspricht ein interessanter Nachmittag zu werden", unkte Otto.
„Mit Sicherheit", antwortete Martin.
Kurze Zeit später mussten sie sich mit zwei

Fahrspuren und Gegenverkehr begnügen.
Von Steffen war nichts mehr zu sehen
Martin und Otto behielten die schwarzen Limousinen im Auge. Noch schienen die Fahrer nichts bemerkt zu haben. Ein Fahrzeug nach dem anderen rollte durch Gebesee. Vor der Ampel musste der Konvoi stoppen.
In der Kurve, nach dem Ortsausgang, gab der vordere Wagen plötzlich Gas und jagte davon, während der zweite ausgesprochen langsam durch die Kurven rollte. Martin und Otto waren gezwungen, ihn zu überholen.
Im Rückspiegel sah Martin den Wagen. Der blieb dicht hinter den Motorrädern. Vor einem LKW mussten diese schließlich bremsen.
„Verdammt! Weg hier!", rief Martin in sein Helmmikro.
Die Männer, die im Wagen saßen, hatten die perfekte Zielscheibe vor sich. Die Scheibe an der Beifahrerseite öffnete sich. Der Schuss aus der Pistole war nicht zu hören. Otto stöhnte und schien einen Augenblick die Gewalt über seine Maschine zu verlieren. Er fing sich wieder.
„Hau ab!", stöhnte Otto, während er rechts anzog.
Er rettete sich auf den Standstreifen, neben den LKW, der ihm Deckung geben konnte.

Nicht noch einmal wollte er zur Zielscheibe werden.
Martin hatte Otto nicht mehr gehört und schoss mit seiner Maschine am LKW vorbei. Er schaffte das Überholmanöver um Haaresbreite.
Otto konnte er nirgendwo sehen.
Martin raste davon, denn die schwarze Limousine überholte ebenfalls den LKW und blieb ihm auf den Fersen. Doch der andere BMW tauchte wieder vor Martin auf. Es machte keinen Sinn zwischen den beiden zu bleiben. Viel zu gefährlich!
Martin überholte.
Der Fahrer des BMW gab Gas. Beide lieferten sich ein Rennen auf gleicher Höhe. Nur wenige Sekunden, denn von vorn näherte sich bereits ein PKW. Der gab Lichtzeichen. Martin bremste stark ab und blieb hinter der Limousine, die andere schon wieder im Rücken.
„Verflucht!"
Das hatte Martin schon mehrmals laut gedacht. Unwillkürlich spürte er wieder den ziehenden, zuweilen stechenden Schmerz in seiner Schulter, der ihn an die Schussverletzung erinnerte. Gerade in diesem Moment war er wieder zur Zielscheibe geworden. Als die Straße frei war, überholte

Martin und fuhr mit hoher Geschwindigkeit davon.
Nur raus aus der Schusslinie!
Doch seine Verfolger blieben hartnäckig.
„Otto?", rief Martin besorgt.
Otto antwortete nicht.
„Steffen?"
Auch der antwortete Martin nicht.
„Hey, Jungs!"
Nichts als Stille.
„Scheiß Technik!", fluchte Martin.
Die Verfolger ließen sich nicht abschütteln. Ärgerlich raste Martin weiter, drosselte sein Tempo erst am nächsten Ortseingangsschild. Er fuhr an der Tankstelle vorbei, an der er mit Rita gehalten hatte. Die folgende Ampel zeigte grün. Dafür stand die an der nächsten Kreuzung auf Rot. Martin wählte die Spur für Linksabbieger. Diese Ampel zeigte grünes Licht. Er drehte das Gas auf und fuhr geradeaus weiter.
Ein wenig Vorsprung kann nicht schaden, dachte er.
Ein Blick in den Rückspiegel bestätigte ihm, dass die beiden schwarzen Limousinen zurückgeblieben waren. Martin bog schließlich ab. Einige hundert Meter weiter verschwand er mit seiner Maschine hinter einer Hauswand. Die Yamaha brummte leise. Noch

immer blieben alle Versuche, seine Freunde zu erreichen, erfolglos. Die beiden Limousinen fuhren vorbei.
Martin folgte ihnen.
Es war immer besser, den Feind im Blick zu haben, als selbst gejagt zu werden, war seine Devise. Er ahnte, wohin Wolf wollte. Dieser Schachzug ging an Wolf, musste Martin sich eingestehen. Es schmeckte bitter.
Seine Gedanken kreisten um Otto und um Steffen. Auch um Brummer, der Rita zu Theo bringen sollte. Verdammt!
Der Abbruch sämtlicher Verbindungen machte Martin ernsthaft Sorgen. Vergebens kämpfte er gegen seine innere Unruhe, die sich in seine Eingeweide bohrte.

Plötzlich ließ sich eine der Limousinen zurückfallen. Martin bremste ab. Sie mussten ihn bemerkt haben.
Verflucht!, zischte Martin zu sich selbst.
Heute läuft aber alles schief.
Noch vor dem Ortseingang bog er mit seiner Maschine von der Straße ab. Die Yamaha holperte mit unvermindertem Tempo über ein-

en Feldweg, hinauf in den Wald. Eine der Limousinen folgte Martin schließlich.
Idioten, dachte Martin.
Zumindest das hatte funktioniert. Seine Maschine flog förmlich über die Unebenheiten und verschwand schließlich im Wald.

\\ //

„Könnt ihr mich hören?", fragte Steffen, als er zu seinem Hof einbog.
Niemand antwortete.
„Hey Jungs!"
Es blieb still.
Steffen stellte die Maschine ab und ging zur Haustür. Sie stand offen. Er zögerte einen Augenblick. Es war merkwürdig still. Nicht mal die Hunde begrüßten ihn. Vorsichtig schlich Steffen hinein und sah sich aufmerksam um. Er vernahm Radiomusik aus der Küche.
„Here I am", sang Brian Adams, als Steffen die Küchentür öffnete.
„Hallo Rita. Ihr seid schon hier?", fragte er verwundert.
Er spürte sofort, dass etwas nicht stimmte.
Rita saß allein auf der Eckbank und starrte

Steffen abwesend an, als würde sie durch ihn hindurch blicken.

„Guten Tag", sagte sie steif.

„Geht es dir nicht gut?", fragte er und lauschte angestrengt.

„Nicht besser als heute Morgen", antwortete sie, als Steffen im selben Augenblick ein leises Knacken vernahm.

Langsam hob er die Hände.

„Setzen!", hörte er eine Stimme, direkt hinter sich.

Steffen tat was der Mann verlangte. Er kannte ihn nicht. Aber die Stimme glaubte er zu kennen. Steffen zweifelte.

Ein Geräusch erregte seine Aufmerksamkeit. Er lauschte. Draußen fuhr ein Auto vor und hielt. Zwei Türen schlugen zu. Schritte waren nicht zu hören. Dann erschien Wolf in der Tür. Sein Lächeln wirkte diabolisch, als er die beiden auf der Bank musterte. Er sagte nichts, aber er winkte jemanden zu sich. Ein Mann von hünenhafter Gestalt mit Igelschnitt und platter Nase erschien neben Wolf.

„Hüte mir die beiden Schäfchen gut", sagte er zu seinem grimmig schauenden Begleiter.

Rita konnte sich gut an ihn erinnern. Der war mit Wolf in der Klinik gewesen. Sie spürte einen eisigen Schauer über ihren Rücken gleiten. Der Kerl postierte sich schweigend an der

Küchentür. Wolf ging mit dem anderen Mann, der Steffen mit seiner Pistole bedroht hatte, die Treppe hinauf. Die Stufen, aus gutem alten Holz, knarrten.

„Hey, du Affengesicht", sagte Steffen.

Der Kerl regte sich nicht.

„Rambo kommt gleich mit seinen Brüdern zu meiner Party, Junge. Alles meine Freunde. Die machen Hackfleisch aus dir."

Der Fremde zuckte weder mit der Wimper noch mit dem Mundwinkel. Rita schüttelte kaum merklich den Kopf.

„Entweder ist der Typ taub oder er versteht kein Wort", flüsterte sie.

„Fuck you!", sagte Steffen.

Das allerdings schien der Grimmige verstanden zu haben. Er verzog geringschätzig die Mundwinkel, antwortete aber nicht.

Leise begann Rita zu erzählen.

„Der Mann, der mit der Waffe hinter dir, war Thomas Engel. Er arbeitet für dieselbe Abteilung wie Wolf und steckt offensichtlich mit ihm unter einer Decke. Er hat jemanden eiskalt abgeknallt - da oben."

Rita wies mit dem Blick zur Zimmerdecke.

„Scheiße! Theo! Wo ist Brummer?"

„Eine Polizeistreife, hat ihn in Erfurt-Gispersleben gestoppt, weil er angeblich zu schnell gefahren ist. Das stimmte aber nicht. Das war alles getürkt, denn Engel hat mich aus dem Transporter geholt und mich im Helikopter hierher gebracht. Er wusste genau Bescheid", redete Rita hastig.

„Helikopter?", fragte Steffen verwundert.

„Ja. Es ging alles sehr schnell."

Steffen atmete hörbar tief durch und ließ sich niedergeschlagen gegen die Rückenlehne sinken.

„Dann hängt alles nur noch an Martin", flüsterte er. „Die werden uns keine Chance geben. Die wissen, was für sie davon abhängt."

Rita nickte.

„Und sie werden alle Spuren beseitigen", wisperte sie.

Steffen sah Rita in die Augen und lächelte vage. „Das ist ihre Masche."

„Wenn uns jetzt niemand zu Hilfe kommt, werden sie uns töten", wisperte Rita weiter. Ihr Gesicht wurde aschfahl. „Wir werden sterben."

„Warten wir`s ab", versuchte Steffen sich selbst zu beruhigen.

Wo waren nur seine Hunde abgeblieben? Seine Gedanken arbeiteten auf Hochtouren. Es machte keinen Sinn, tatenlos sitzenzubleiben.

Martin sprintete mit seinem Motorrad den Waldweg entlang. Der BMW war hier eindeutig im Nachteil, blieb zunächst weit hinter ihm zurück. Dann bremste Martin scharf, sodass sich das Hinterrad seiner Yamaha wegdrehte und er auf der Stelle wendete. Ein Holzstapel kam ihm gelegen. Martin verbarg sich mit seiner Maschine dahinter und wartete. Die Verfolger kamen. Sie fuhren nicht gerade langsam. Zwei Schüsse hallten, schnell aufeinander folgend, durch den Wald. Ein ohrenbetäubender Knall folgte. Der Wagen kam ins Schlingern, fing sich und rollte mit einem Poltern aus.
„Jungs, ihr habt an der falschen Stelle gespart", triumphierte Martin.
Dann steckte er seine Pistole ein und sprang wieder auf seine Maschine. Das Hinterrad drehte kurz durch und schoss Dreck, Steine und Laub im hohen Bogen weg. So schnell als möglich fuhr Martin den Weg zurück, den er gekommen war.
„Hey, kann mich vielleicht jemand hören?"
Er bekam keine Antwort.
„Brummer, verdammt! Wo steckst du?", rief

er.
Es rauschte nur schwach in der Leitung.
Martin stoppte an der asphaltierten Straße und wählte Schneiders Nummer.
Dann sprach er: „Etwa einen Kilometer vor Seega sind zwei bewaffnete Fußgänger im Wald unterwegs. Reifenpanne. Es wäre gut, sie abzuholen."
„Wo genau?", fragte Schneider.
Martin beschrieb es ihm.
„Okay. Ich kümmere mich darum", bestätigte Schneider. „Wo ist Wolf!"
„Ich denke hier. Woher wusste er davon?"
„Das bleibt die Frage, Martin. Vielleicht erzählt er es uns selbst. Schnapp ihn dir!"
Ohne zu antworten steckte Martin das Handy ein und gab Gas.

∖∖ //

Wolf zog den Kopf ein, als er den kleinen Raum unter dem Dach in dem uralten Fachwerkhaus betrat. Durch ein Dachfenster drang schwach das Tageslicht herein. Er ließ seinen Blick über die technische Ausrüstung gleiten. Sein Blick blieb an dem toten Mann haften.

„Das ist also das Genie, der Kerl, der sich in meinen Computer gehackt hat", stellte Wolf fest.

„Er hat von hier aus alles gesteuert."

Engel wies mit den Kopf auf Theo.

„Der Kontentransfer sollte unbedingt von deinem PC in der Dienststelle aus gehen, mit Ort, Datum, Uhrzeit des Zugriffes, damit sie dich drankriegen können. Somit hat er das Pferd zu Troja hereingelassen und unsere Kollegen werden im Moment alle Hände voll zu tun haben."

„Ganz so dumm bin ich nun auch wieder nicht", brummte Wolf.

„Aber es reicht, um dich zu verhaften."

„Dazu müssen sie mich erst mal kriegen."

„Du willst von der Bildfläche verschwinden", stellte Engel fest.

„Ich habe schon länger damit gerechnet. Ich habe vorgesorgt. Nur vorher muss ich aufräumen. Hier endet die Spur."

„Was hast du mit den beiden da unten vor?", fragte Engel spitzfindig.

„Du kannst Fragen stellen, Mann."

„Das ist schon klar. Ich meine Nachher."

„Wart`s ab. Meine Freunde müssten jeden Augenblick hier aufkreuzen. Ich hoffe, sie bringen Brenner mit", meinte Wolf.

Dann hielt er inne und horchte auf.

„Was ist?", fragte Engel.
„Ich dachte ich hätte was gehört."
Über Wolfs Gesicht huschte ein triumphierendes Lächeln.

Martin hatte den Motor ausgestellt und ließ die Maschine ausrollen. Er versteckte das Motorrad im Dickicht hinter dem Koppelzaun. Immer auf Deckung bedacht schlich er über den Hof zur Scheune. Der schwarze BMW stand vor dem Hauseingang. Niemand schien ihn bemerkt zu haben. Nichtmal die Hunde. Doch ab und an blökte ein Schaf. Wie ein Schatten seiner selbst glitt Martin in die Scheune. Es dauerte einige Sekunden bevor sich die Augen an das Dämmerlicht gewöhnten. Martin lauschte.
Stille.
Nichts, was seine Aufmerksamkeit oder sein Misstrauen erregte. Obwohl das Wetter trüb, kalt und windig war, war Martin heiß geworden. Schweißperlen traten ihm auf die Stirn. Aufmerksam beobachtete er das Haus. Küchen- und Wohnzimmerfenster zeigten, neben der Eingangstür, zum Hof. Martin

musste damit rechnen, von da aus beobachtet zu werden. Steffens Motorrad stand neben der Limousine. Martin überlegte kurz und zog die Jacke aus. Er wusste, dass sein Bruder immer ein Messer in der Scheune stecken hatte, mit dem er die Stroh- und Heubündel aufschnitt. Das Bowiemesser, mit der leicht gebogenen, scharfen Klinge, war Steffens Liebling. Martin zog es aus dem Holzbalken. Er betrachtete das Messer.
Regel Nummer eins: Jede Fluchtmöglichkeit ist zu vereiteln, dachte er.
Mit zwei Sprüngen war Martin an der Limousine und stach einen der Reifen platt.
Außer Betrieb, dachte er und grinste.
Dann huschte er zur Haustür.
Es war in solchen Fällen nicht üblich, allein hinein zu gehen. Doch bis Schneider kam, durfte Martin nicht warten. Die innere Spannung trieb ihm die Hitze weiter durch den Körper und er atmete heftig. Dann ordnete er seine Gedanken und öffnete vorsichtig die Tür.
Wieder verharrte er und lauschte.
Martin hielt das Messer, auf alles gefasst, fest in der Hand. Er vernahm leise Radiomusik. Die kam aus der Küche. Lautlos setzte er die Füße auf dem Steinboden. Schritt für Schritt näherte sich Martin der offen Küchentür. Als

er Rita und Steffen dort sitzen sah, hielt er inne.

„Hey! Deine Hose ist offen du Gorilla", sagte Steffen, um Martin zu warnen.

Der Kerl reagierte nicht.

Martin handelte schnell, war mit einem Satz hinter dem Mann und zog das Bowie-Messer über dessen Kehle. Ohne einen Laut von sich geben zu können, sank der zu Boden und blieb reglos liegen. Wortlos wies Steffen mit dem Kopf nach oben. Martin nickte.

Rita starrte, mit offenem Mund, als wollte sie etwas sagen, abwechselnd auf den Toten und zu Martin. Martin hatte es bemerkt. Er gab Steffen mit eindeutiger Geste zu verstehen, dass er mit Rita verschwinden sollte. Der nickte zur Bestätigung und stand auf. Er zog Rita, die kaum noch fähig war, sich zu rühren, am Handgelenk hinter sich her. Automatisch folgte sie Steffen zur Haustür.

„Halt!", erscholl eine scharfe Stimme hinter ihnen.

„Das könnte euch so passen. Hände hoch!", befahl Wolf.

Die drei taten das.

Martin wandte sich zu Wolf um und blickte ihm in die Augen. Er hatte die Hände hinter den Kopf zusammen genommen, in denen er noch immer das Messer fest umklammert

hielt.
Wolf grinste.
Neben ihm tauchte ein anderer Mann auf. Engel.
„Willkommen auf unserer Party. Wo hast du meine beiden Freunde gelassen?", fragte Wolf sarkastisch.
„Die haben sich wahrscheinlich im Wald verlaufen", antwortete Martin in gleicher Weise.
„Nun gut", meinte Wolf.
„Dann eben anders. Das Ergebnis bleibt das Gleiche. Thomas!"
Er gab Engel mit dem Kopf ein Zeichen.
„Die Drecksarbeit überlässt du immer anderen", zischte Martin.
Wolf horchte auf.
Ein Hubschrauber näherte sich.
Thomas Engel war im Begriff, die Waffe auf Steffen zu richten, als Martins Messer Engels Arm traf. Stöhnend ließ Engel seine Pistole zu Boden fallen. Martin schoss sie, mit dem Fuß, zu Steffen und stieß Engel zu Boden. Der riss Martin mit sich. Wolf schoss auf Martin und traf Engel.
„Scheiße!", zischte Wolf.
Steffen hatte Engels Waffe auf Wolf gerichtet, während Martin wieder auf die Beine kam.
„Das Spiel ist zu Ende, Wolf. Lass sie fallen",

sagte der.
Ein Hubschrauber kreiste bereits über dem Hof. Wolf grinste, eine Spur überlegen, als er seine Pistole mit dem Lauf nach unten drehte und sie sich von Martin abnehmen ließ.
Niemand sprach.

Der Hubschrauber kreiste über der Schafkoppel und landete dort. Martin zog sein Handy aus der Tasche und informierte Schneider.
„Wir haben ihn."
„Perfekt. Wie viele Männer sind bei ihm?", vernahm er Schneiders Stimme.
„Er ist allein."
„Allein?", fragte Schneider erstaunt.
„Ja. Sie haben richtig verstanden", bestätigte Martin.
„Ich bin sofort da."
„Verstanden."
Martin steckte das Handy ein.
„Gehen wir. Schneider erwartet uns."
Rita öffnete die Tür.
Wolf ging vor Steffen hinaus, der die Pistole auf ihn gerichtet hielt. Lässig lehnte sich der

Grauhaarige gegen seine Limousine und zündete sich eine Zigarette an. Noch immer sagte er nichts. Als er seine Zigarette zu Ende geraucht austrat, fuhr ein silberner Opel, gefolgt von einem Streifenwagen, auf den Hof und stoppte hinter dem BMW. Schneider stieg aus, schickte einen kurzen Blick zu Wolf, ohne etwas zu sagen. Er ging direkt auf Martin zu.
„Gute Arbeit, Junge."
Martin nickte.
„Haben Sie die beiden Kerle aus dem Wald gefischt?"
„Ja. Die warten da drüben am Helikopter auf ihren Abtransport."
„Einer liegt in der Küche. Ist tot. Ließ sich nicht vermeiden", berichtete Martin tonlos.
Schneider schien das offensichtlich nicht zu gefallen. Aber er schwieg.
„Wussten Sie, dass Thomas Engel mit drin steckte?"
Schneider kniff die Augen zu kleinen Schlitzen. „Nein."
Zwei von Schneiders Männern legten Wolf die Handschellen an und führten ihn ab. Er ließ es widerstandslos geschehen.
„Er war bereits vor uns hier und hat Theo umgebracht", sagte Martin zu Schneider.
„Und wo ist Engel jetzt?"
Martin wies zum Haus.

„Drin."
„Hast du ihn...?"
„Nein. Der geht auf Wolfs Konto."
Steffen trat zu ihnen und hielt Schneider die Dienstpistole Engels hin.
„Das war seine."

Rita stand, wie angewurzelt, auf der Stelle und zog ihre verschränkten Arme immer fester um ihren Körper. Ihr war kalt, aber sie zitterte nicht nur deshalb. Schweigend beobachtete sie die Männer. Die vielen Gedanken, die ihre Sinne verwirrt hatten, waren einer eigenartigen Leere gewichen. So sehr Rita sich auch anstrengte, sie war unfähig, einen klaren Gedanken zu fassen. Die Angst war von ihr gewichen, aber Erleichterung fand sie dennoch nicht.
Es dämmerte bereits. Der Helikopter startete und drehte sofort ab. Rita beobachtete ihn, bis seine Lichter als winzige Punkte am Horizont verschwanden. Sie hatte nicht bemerkt, dass Martin neben ihr stand. Sie erschrak, als sie seine Stimme hörte.
„Alles okay mit dir?"

Sie nickte.

„Ja", antwortete sie leise.

„Du bist also doch ein eiskalter Killer, Martin Brenner, oder wer auch immer."

„Vielleicht stecken sie uns zwei ja zusammen in eine Zelle", meinte Martin.

Rita wandte sich zu ihm und schüttelte den Kopf.

Martin grinste sie unverfroren an. Um seine Mundwinkel herum erschienen die kleinen Grübchen.

Zum Scherzen war Rita nun wirklich nicht aufgelegt. Sie seufzte und lächelte. Sie konnte nicht anders. Sie konnte Martin einfach nicht böse sein.

„Ich möchte nach Hause. Nur nach Hause", sagte sie schließlich leise.

„Ich bringe dich nach Hause."

Die Polizei hatte inzwischen den gesamten Hof abgesperrt. Die Spurensicherung war im Einsatz, bevor die drei Toten abtransportiert wurden. Martin schob sein Motorrad heran, holte seine Jacke aus der Scheune und drückte seinen Helm auf den Kopf. Steffen gab Rita seinen Helm und seine Jacke.

„Könnte passen", meinte er.

„Danke", sagte Rita und zog die Jacke über ihre eigene. „Danke für alles."

„Schon gut", sagte Steffen.

Rita setzte den Helm auf und stieg zu Martin auf die Maschine. Er startete. Die Yamaha rollte vom Hof. Rita hielt sich an Martin fest, als der Gas gab und sich mit dem Motorrad in die erste Kurve legte.

Kapitel 5

Tote Killer küssen besser

Die laute Stimme, die Martin plötzlich durch das Helmset anschrie, vibrierte in seinen Ohren. Auch Rita fuhr zusammen, als sie das tiefe, langgestreckte „Haalooo!" vernahm.
„Musst du immer so schreien?", knurrte Martin Brummer an.
„Na wenigstens scheint der Scheißkram jetzt wieder zu funktionieren", meinte Brummer zufrieden.
„Ich bastle schon seit Stunden dran rum. Technik, die die Welt begeistert, dachte ich zumindest. Die Zuckerpüppi ist weg, Marty!"
„Rita ist bei mir. Sie kann dich hören."
Martin hörte Brummer erleichtert aufatmen.
„Tut mir leid, Rita. Ich habe versagt."
„Nein. Wir hatten keine Chance. Es geht mir gut."
„Wo steckst du?", fragte Martin.
„Du wirst es nicht glauben. Die Idioten haben mich in Schneiders Büro festgenagelt. Ich hatte viel Zeit um nachzudenken und habe ich mich ein bisschen genauer hier umgesehen. Ach übrigens habe ich auch einen neuen Freund gefunden. Der hat mir geholfen, diesen Mist hier zu entwirren. Na ja, meine

computertechnischen Fähigkeiten haben ihre Grenzen. Aber wozu gibt es Theo. Nur der war leider nicht hier."

„Komm endlich zur Sache, Brummer!"

„Also, jemand hat unsere Verbindung mit Absicht gekappt. Mithilfe von meinem Freund hier haben wir das repariert, die Frequenzen wieder gerichtet. Schneider hatte einen Helikopter zu euch beordert."

„Das weiß ich längst."

„Er hat den Helikopter angefordert, lange bevor du ihn angerufen hast!"

„Wann?", fragte Martin.

„Als ihr sein Büro verlassen hattet, um euch an Wolf zu hängen."

„Dann wusste der also von Wolfs Plan! Dieser verdammte Drecksack!"

„Klar, Marty. Es gibt Momente im Leben, da kannst du nicht mal deiner eigenen Großmutter trauen."

„Und nun?"

„Hat dir einer eins über die Rübe gehaun? Denk doch mal nach! Der hat den Heli genau an eure Adresse geschickt. Der war das Taxi."

Martin spürte plötzlich ein eigenartiges Kribbeln in seinem ganzem Körper. Er atmete heftig. Mit Mühe versuchte er seine Gedanken zu ordnen.

„Sag bloß, der ist zum Flughafen."

„Mit Sicherheit. Warte mal kurz, Marty."
Für einen Moment herrschte Stille.
Fassungslos hatte Rita alles mit angehört.
„Hallo?! Mein Freund hier nickt. Dort steht eine private Chartermaschine Typ Cessna Caravan 675 abflugbereit."
„Dann nichts wie hin!", entschied Martin.
„Lass dich nicht von den Bullen erwischen, wenn du mit deiner Höllenmaschine mal wieder die Schallmauer durchbrichst."
Martin hörte Brummer lachen.
„Beweg dich zum Rollfeld, mach sie ausfindig und setzt dich auf die Cessna, damit sie nicht abheben kann. Dann wäre Wolf uns endgültig entwischt. Over and out", sprach Martin, während er Gas gab, so das der Motor tief brummte. Die Yamaha schoss, in unzulässiger Geschwindigkeit, über den Asphalt.
„Roger!", antwortete Brummer.

Wolf saß hinter dem Piloten des Helikopters. Zwei seiner Männer hockten neben ihm. Wolf blickte zum Fenster hinaus. Der Helikopter drehte ab und überquerte das Waldgebiet. Bald breiteten sich die hügeligen Felder des

Thüringer Beckens unter ihnen aus. Die fortschreitende Dämmerung zog über bestellte Felder und schwarze Äcker. Die Feldwege und Landstraßen, die das Bild, klein wie Regenwürmer, durchzogen, verschluckte bereits die Dunkelheit. Schemenhaft, wie Spielzeugbauten auf einer Eisenbahnplatte, erschienen Städte und Dörfer. Auf einem Stausee hatte sich eine Schar Wasservögel niedergelassen. Der aufgekommene Wind trieb kleine Wellen über die Wasseroberfläche und ließ sie in der Dämmerung glitzern. Schwarze Wolken zogen sich immer dichter zusammen.

Wolf sah auf die Uhr und wandte den Kopf nach vorn. Alles lief nach Plan. Seine Männer waren bei ihm. Den ungeplanten Verlust Engels musste Wolf hinnehmen. Für viel Geld musste man über Leichen gehen können. Mit einem schlechten Gewissen brauchte Wolf nie zu kämpfen. Er hatte gar keins. Er wusste eine große Familie hinter sich, in der er angesehen war. Über den Verlust der fünf Millionen war er wütend. Wolf wollte das Geld zurückholen. Und er war wütend darüber, dass es ein kleiner Ermittler geschafft hatte, ihn so reinzulegen. Martin Brenner war in seinen Augen so gut wie tot. Wolf würde nie vergessen. Der Tag der Abrechnung würde kommen.

In wenigen Minuten würde der Helikopter am Flughafen landen und dann... Good bye. Wolf lächelte, denn er glaubte das Spiel gewonnen zu haben.

Steffen währenddessen rief und pfiff, lange und vergebens, nach seinen Hunden. Schließlich hörte er ein leises Winseln. Im Schein der Hofleuchte sah er einen seiner drei Hunde. Dag kam zu ihm gehumpelt.
„Hey, Dag, mein Freund!"
Steffen ging in die Hocke und begrüßte den Riesenschnauzer. Er lachte, als Dag ihm mit der Zunge über sein Gesicht leckte.
„Geht es dir gut? Wo sind deine Brüder?"
Dag gab nur ein gurgelndes Geräusch von sich und setzte sich vor seinen Herrn. Der Hund begann seine Pfote zu lecken. Schneider war bereits abgerückt und die gewohnte Ruhe kehrte wieder ein. Steffen atmete tief durch und richtete seinen Blick zum Himmel hinauf. Kalte Luft streifte sein Gesicht. Wie aus dem Nichts tauchte eine alte Dame auf und blieb neben ihm stehen.
„Herr Baumer! Es ist schrecklich!", wisperte

ihre Stimme. Sie heulte offenbar.

„Wissen Sie, dass ich zwei Ihrer Hunde tot im Wald gefunden habe? Jemand muss sie erschossen haben." Frau Raatsch schnappte nach Luft.

„Dann hörte ich so etwas wie Schüsse in Ihrem Haus. Ich bin sofort nach Hause gelaufen und habe bei der Polizei angerufen. Ist alles in Ordnung mit Ihnen?"

„Ja, Frau Raatsch, alles in Ordnung. Danke", antwortete Steffen niedergeschlagen.

„Ach, es tut mir ja so leid um die armen Tiere. Sie waren mir richtig ans Herz gewachsen. Was ich noch fragen wollte: Das silbergraue Auto, das hier bei Ihnen auf dem Hof stand, war das auch von der Polizei?"

„Ja."

„Ach na dann ist ja alles gut. Ich war nur etwas beunruhigt, weil das ziemlich lange vor meinem Haus gehalten hatte. Mehr als eine Stunde. Und das war mir schon sehr verdächtig. Man weiß ja heutzutage nie..."

„Seit einer Stunde, bevor es hier auf den Hof fuhr?"

„Ja."

Steffen zog die Augenbrauen zusammen und dachte angestrengt nach. Dann fragte er Frau Raatsch, ob sie sich wohl um Dag kümmern könnte.

„Ich muss noch mal dringend weg."
„Aber natürlich. Das mache ich doch gerne", antwortete sie und beugte sich zu dem Hund.
„Keine Angst mein Freund."
Sie strich dem Hund sanft über den Kopf und Dag schien das zu gefallen.
Steffen stieg auf sein Motorrad und fuhr vom Hof.
Frau Raatsch schüttelte sorgenvoll den Kopf.
„Er hätte lieber seinen Helm aufsetzen sollen, auch wenn er in Eile ist. Das ist leichtsinnig von deinem Herrchen."
Dag sah aufmerksam zu ihr und gab ein gurgelndes Geräusch von sich.

Martin fuhr über die Bundesstraße, so schnell es möglich war. In den frühen Abendstunden war diese in beiden Richtungen stark befahren. Rita klammerte sich fester an ihn.
Sie hatte in den letzten Tagen so viel Angst ausgestanden, dass ihr das schwindelerregende Tempo wie Peanuts dagegen erschien. Der Herbst zeigte sich, gerade jetzt, nicht mehr von seiner schönen Seite. Windböen machten der Maschine zu schaffen. Die Kälte

lies Rita frieren. Die Finsternis erschien ihr bedrohlich. Winzige Wassertröpfchen landeten auf dem Visier des Helmes, der ihr etwas zu groß war und hin und wieder zur Seite rutschte. Rita bemühte sich, den Kopf gerade zu halten und möglichst hinter Martins Rücken zu bleiben. Der Sprühregen verflüchtigte sich.
Waghalsig kämpfte Martin sich schließlich durch den Stadtverkehr. Das Motorrad war hier von Vorteil. Martin kämpfte auch gegen seine innere Unruhe. Nur noch wenige Minuten zum Flughafen und was dann?
Wie wollte Martin diese Männer allein aufhalten?
Ist Schneider etwa auch bei Wolf?, sinnierte Martin.
Vielleicht sind sie ja auch schon über alle Berge.
„Brummer, kannst du mich zufällig hören?", fragte Martin, als er den Tower sichtete.
Doch es blieb still. Dann stoppte Martin seine Yamaha so abrupt, direkt vor der gläsernen Eingangstür des Flughafengebäudes, dass Rita mit dem Helm gegen den Martins schlug.
„Tschuldigung", murmelte sie.
Martin war schon abgesprungen und rannte hinein. Einige Reisende tummelten sich im Neonlicht des Eingangsbereiches. Rita nahm

den Helm vom Kopf und folgte Martin.
An einem der Abfertigungsschalter fragte Martin nach der gecharterten Cessna.
„Chartermaschine?", wiederholte der junge Mann, als hätte er das Wort zum ersten Mal in seinem Leben gehört.
„Welche Chartermaschine?"
„Eine Cessna Caravan 675, für oder von einem Wolf, oder auch Schneider? Steht sie noch draußen oder ist sie schon oben?", schnaufte Martin ungeduldig.
Der Angesprochene zuckte die Schultern. Bevor der den Mund wieder aufmachen konnte, schnappte Martin den verdutzten Mann am Revers und zog ihn zu sich heran.
„Fragen Sie den Tower! Sofort Mann!", fuhr Martin ihn an.
„Das geht nicht", brachte der Mann mühsam hervor.
„Und ob das geht!"
Martin hielt ihm seinen Dienstausweis so dicht vor die Nase, dass der Mann mit dem Kopf zurückfuhr.
„Ich kann Ihnen nicht helfen! Melden Sie sich bei der Dienstaufsicht. Vielleicht lässt sich da was machen."
Martin stieß ihn wütend von sich.
„Du meldest mich beim Sicherheitsdienst an und versuchst die Bundespolizei zu informie-

ren", sagte Martin zu Rita und drückte ihr seinen Ausweis in die Hand. „Erklär`s ihnen. Ich muss die Maschine finden."
Martin rannte wieder nach draußen und schwang sich auf sein Motorrad.
„Brummer melde dich, verdammt!", rief er entnervt in sein Helmmikro, während er startete.
„Bleib cool, Marty. Ich weiß die Richtung und ich habe mir gerade einen Generalschlüssel organisiert, hehe! Ich warte an der Frachtzufahrt auf dich."
„Wo?"
„Fahr einfach so lange am Flughafengelände entlang, bis du ein großes, dickes Auto siehst, das einer silbernen Zigarre mit rotem Streifen gleicht."
Martin antwortete nicht und drehte das Gas voll auf, sodass sein Motorrad mit einem Satz nach vorn sprang.

Rita, die in der einen Hand den Helm trug und in der anderen Martins Dienstausweis, tat sofort, was er ihr aufgetragen hatte.
„Wo finde ich den Sicherheitsdienst?", fragte

sie den noch immer verdutzten Mann am Schalter.
„Gleich neben der Pass- und Zollkontrolle."
„Danke."
Rita lief eilig dorthin.
„Wo bitte finde ich jemanden vom Sicherheitsdienst?", fragte sie einen der Beamten, dessen Uniform sie nicht zuordnen konnte.
„Moment. Ich sehe mal nach."
Der Uniformierte verschwand und Rita erwischte sich, wie sie unruhig zappelte und von einem Bein auf das andere trat.
„Es tut mir leid. Die Kollegen sind im Augenblick nicht hier, aber sie werden gleich zurück sein."
„Wo sind sie!?"
Ritas war verzweifelt.
Der Uniformierte zuckte bedauernd die Schultern.
„Wahrscheinlich auf Rundgang."
„Überall und nirgends", bemerkte Rita bitter.
„Ich muss dringend zum Tower!"
„Weshalb?"
„Ich suche eine ganz bestimmte Maschine. Eine Cessna Caravan 675. Dringend! Sie darf nicht starten!"
„Weshalb wenden Sie sich dann nicht an die Information?"
„Gute Idee. Danke!", schnaufte Rita wütend.

Im Slalom rannte sie sich durch die Halle, kämpfte sich zum Informationsschalter durch und drängte einige Leute, die vor ihr standen, deren Protest zum Trotz, zur Seite.
„Ist heute ein Charterflug angemeldet? Für wann und wo?", unterbrach Rita ein Gespräch.
Sie war sichtlich erregt und atmete heftig.
„Bitte gedulden Sie sich einen Augenblick. Der Herr war vor Ihnen da", antwortete die junge Frau am Informationsschalter freundlich und bat um Verständnis.
Rita hielt ihr Martins Dienstausweis vor die Nase.
„Ich bin von der Polizei! Ich bin nicht zu meinem Vergnügen hier! Ich habe keine Zeit!", sprach sie wütend. „Also?"
„Normalerweise starten hier keine Charterflüge. Aber Moment bitte. Ich sehe nach", antwortete die Dame und klopfte auf der Tastatur ihres Computers herum.
„Ein privater Businessjet, tatsächlich", murmelte sie.
„Eine Cessna?"
Die Dame nickte verwundert.
„Hat gerade um Starterlaubnis gebeten und ist auf dem Weg zur Rollbahn. Dort muss sie auf die Startfreigabe vom Tower warten. Soll sie aufgehalten werden?"

„Ja! Unbedingt! Sofort!"
Rita zitterte am ganzen Körper vor Aufregung.
Die Dame meldete dem Tower, dass die Startfreigabe auf Anordnung der Polizei zunächst nicht autorisiert werden dürfe.
Ritas Herz pochte sehr schnell und hart, als sie mit der flachen Hand auf die Kunststoffplatte am Schalter schlug.
Ich habe es geschafft!, triumphierte sie, ohne ihre Gedanken laut auszusprechen.
Dann wandte sich zum Gehen.

Währenddessen raste Martin mit seiner Maschine am Flughafengelände entlang. Die direkte Durchfahrt zum Frachtzentrum war durch Eisenpoller versperrt. Die Yamaha passte hindurch. Martin fand die hell erleuchtete Frachtzufahrt. Als ihm ein Tanker in die Quere kam, bremste er scharf ab, um nicht mit ihm zu kollidieren.
„Idiot!", fluchte er.
Daraufhin hörte er jemanden seinen Namen sprechen. Es rauschte, knackte und brummte im Headset seines Helmes.

„Bist du das Brummer?"
„Ja verdammt! Hast du keine Augen im Kopf?"
„Quatsch nicht. Zeig mir lieber den Eingang."
„So habe ich mir das gedacht. Dann pass mal schön auf. Ich habe den Generalschlüssel", entgegnete der Dicke.
Der Tanker dröhnte und eine dunkle Wolke stieg hinter ihm auf.
„Du bist verrückt", rief Martin.
Brummer lachte.
„Folgen Sie mir unauffällig!"
Der Tanker brummte auf. Martin beobachtete ihn. Dann rollte der Truck langsam vorwärts. Es zischte laut, brummte dröhnend, zischte und brummte wieder. Mit einem ohrenbetäubenden Krachen durchbrach der Tanker schließlich das erste Zaunfeld. Dann fuhr er zwischen den Gebäuden in Richtung Rollfeld und entwickelte ein erstaunliches Tempo. Martin folgte ihm und holte auf gleiche Höhe auf.
„Der Sicherheitsdienst wird hellauf begeistert sein", meinte Brummer.
„Sie können uns ja verhaften lassen", antwortete Martin.
Brummer lachte.
Er steuerte den Tanker geradewegs auf eines der Rollfelder.
„Martin? Hörst du mich?", drang Ritas Stimme

an Brenners Ohren.

„Klar und deutlich."

„Die Cessna ist auf dem Weg zur Startbahn, das heißt, sie müsste jetzt gerade dort sein. Ich habe die Startfreigabe streichen lassen."

„Perfekt! Wie auch immer du das geschafft hast."

„Schnapp ihn dir!"

„Mache ich! Danke, Rita. Du bist ein Engel. Bis später."

Martin sah die kleine Maschine bereits. Sie stand in Startposition und die Propeller drehten auf. Brummer holte aus dem Truck heraus, was der Motor her gab. Mitten auf der Startbahn fuhr er der kleinen Maschine entgegen. Von allen Seiten her kamen sie, die Fahrzeuge mit dem Blaulicht und den Sirenen. Selbst die Feuerwehr war ausgerückt.

„Hm", brummte der Dicke. „Die Kavallerie ist im Anmarsch."

„Und die steht bestimmt nicht auf unserer Seite", meinte Martin.

Keiner der beiden dachte daran, aufzugeben.

„Was ist los?!", fragte Wolf gereizt, als er hörte, dass die Startfreigabe nach der zweiten Anfrage noch immer nicht erteilt wurde. Er hatte den Gurt gelöst und war aufgestanden.
„Keine Startfreigabe", bestätigte der Mann im Cockpit.
„Verflucht nochmal! Weshalb?"
„Vielleicht deshalb."
Der Pilot wies auf den Tanker, der direkt auf die Cessna zuraste und auf die Lichterblitze der anrückenden Securityfahrzeuge.
„Das gibt's doch nicht!"
Wolf schien ehrlich überrascht.
„Starte! Sofort!", befahl er hart.
„Ohne Freigabe?"
„Ja zum Teufel! Die Bahn ist frei. Für was bezahle ich dich eigentlich?"
„Okay. Ich versuche es."
Der Pilot brachte die Maschine auf volle Touren.

Brummer brachte den Tanker quer auf der Startbahn zum Stehen und sprang heraus. Martin hielt direkt auf das Flugzeug zu. Er feuerte sein ganzes Magazin auf Tragfläche

und Propeller ab. Die Schüsse waren bei dem Lärm kaum zu vernehmen. Das kleine Flugzeug setzte sich langsam in Bewegung. Obwohl Martin mit Sicherheit genug Treffer gelandet hatte, riskierte er eine Vollbremsung. Das Motorrad drehte sich auf dem Asphalt und kam einen Augenblick zum Stehen. Martin wechselte rasch das Magazin. Die anrückenden Securityfahrzeuge hatten die Cessna fast erreicht.
Martin gab Vollgas und folgte der startenden Maschine. Als er meinte, nah genug dran zu sein, feuerte er auf die zweite Tragfläche. Diese leckte und ein Propeller fiel aus. Die Cessna hob dennoch vom Boden ab.
Martin fuhr weiter mit unverminderter Geschwindigkeit, direkt auf den Tanker zu.
„Weg von dem Tanker!", schrie Brummer.
Martin konnte die Warnung nicht hören.
In diesen Augenblick blieb das Fahrwerk der Cessna an einem der Verschlüsse des Tankers hängen und riss diesen ab. Die Maschine kam sofort aus dem Gleichgewicht und bekam die Nase nicht wieder nach oben. Schließlich schlug das kleine Flugzeug, auf der anderen Seite des Tankers, krachend auf dem Asphalt auf.
Martins gewagter Bremsversuch endete damit, dass er vor dem Tanker mit voller Wucht

auf die Seite stürzte und sein Motorrad, wie ein Geschoss, unter dem Tanker hindurch in das Flugzeugwrack rutschte. Die Funken, die Martins Motorrad auf dem Asphalt schlug, reichten aus, um den heraustropfenden Treibstoff der Cessna zu entzünden.

Fassungslos sah Brummer aus sicherer Entfernung zu, wie das Flugzeugwrack in Flammen aufging. Reflexartig nahm er die Hände über den Kopf und fuhr zusammen, als sich die Cessna schließlich mit einer Explosion in ihre Einzelteile verflüchtigte. Die brennenden Teile verteilten sich über die Startbahn und setzten auch den Tanker in Brand. Nicht einmal die Feuerwehr wagte sich zunächst heran.

Die Fahrzeuge des Sicherheitsdienstes des Flughafens und die Bundespolizei, Notarzt und Rettungsdienst hatten die Unfallstelle umstellt. Das blaue Licht auf den Fahrzeugen zuckte, wie Blitze, durch die Nacht.

Rita drückte ihre Nase an die große, dicke Glasscheibe der Besucherterrasse und schlug mit den Händen dagegen.

„Nein!", schrie sie immer wieder.
„Martiiin!"
Ihre Selbstbeherrschung war geplatzt, so wie das Flugzeug da draußen. Sie spürte ihre Tränen brennen, wie die lodernden Flammen aus dem schwarzen Rauch, der ihr den Atem zu nehmen schien. Sie glaubte ersticken zu müssen. Ihre Nerven lagen blanker denn je und die schützende Hülle um sie herum löste sich ins Nichts auf, so, wie ihre Träume.
Martin!
Sie sah seine Augen vor sich. Jemand hatte ihr Platz angeboten. Jemand hatte ihr etwas zu Trinken angeboten. Jemand versuchte, sie zu beruhigen. Rita hörte die sanften Stimmen, wie aus weiter Ferne. Sie reagierte nicht. Sie wollte nichts hören. Ein Schluchzen schüttelte ihren Körper, bevor sie sich verkrampfte. Noch immer stand sie an ihrem Platz und beobachtete, was unten auf der Startbahn vor sich ging. Die Feuerwehr hüllte nun die Flammen und den Rauch in weißen Schaum ein. Es sah aus wie Berge von Neuschnee. Kälte packte Rita, kroch hinauf bis in die Haarspitzen und ließ sie erneut zittern. Schließlich schien sie sich tatsächlich zu beruhigen. Still und reglos verharrte sie und starrte hinaus. Ihr Gesicht spiegelte sich unscharf auf der Glasscheibe. Sie bemerkte es

nicht. Sie reagierte auch nicht, als jemand seine Hand auf ihre Schulter legte und leise zu ihr sprach.
„Ich bin zu spät gekommen. Ich konnte nichts mehr tun. Es tut mir leid."
Rita hatte Steffens Stimme erkannt.
„Es ist alles zu spät. Es ist alles vorbei", sagte sie leise.
„Ich bringe dich nach Hause."
Sie wandte sich zu Steffen um und sah ihm in die Augen.
Er senkte die Lider, um ihrem Blick auszuweichen.
„Gut", willigte Rita schließlich ein.

Rita Hurtigs Wohnung war so unsagbar leer, als Steffen gegangen war. Nichts war mehr wie vorher. Kathrin besuchte Rita am Tag darauf. Sie hatte die ‚Thüringer Allgemeine' mitgebracht. Die Schlagzeile des Geschehenen füllte nicht nur die Titelseite. Rita betrachtete die Seiten mit leerem Blick, registrierte am Rande das Foto Schneiders und dessen Verhaftung. Lesen wollte sie es nicht. Abwesend legte sie die Tageszeitung zur Seite, ohne ein Wort darüber zu verlieren. Es war bedrückend. Kathrin redete von Thomas Engel, dass das nicht sein durfte. Sie redete von Klaus, dass das nicht sein durfte. Ritas Gedanken drehten sich um Martin. Viel zu spät hatte Rita gewusst, dass sie Martin liebte und sie hatte es ihm nie sagen können. Sie trank ihren Tee und nickte ab und an. Ihre Gedanken waren weit weg, während Kathrin redete. In Ritas Wohnung breitete sich wieder diese beängstigende Leere aus, mehr denn je, als Kathrin gegangen war.

Schließlich rief Rita in der Klinik an, meldete sich auf ihrer Station und ließ sich für den nächsten Tag zum Dienst einteilen.

„Bist du dir wirklich sicher, nach all dem, was du durchgemacht hast?", fragte die Stationsschwester am Telefon.

„Vollkommen", bestätigte Rita und legte auf.

Sie wollte die Stille nicht mehr ertragen, nicht diese hilflose Einsamkeit, die sie so noch nie empfunden hatte. Sie schüttete den Inhalt ihrer Tasche auf den Küchentisch und griff als erstes nach dem kleinen Taschenbuch. Die Urlaubskarte, die ihr als Lesezeichen diente, steckte noch an der Stelle, an der sie das Buch vor sechs Tagen zugeschlagen hatte. Rita schlug es auf und betrachtete den traumhaften Palmenstrand auf der Postkarte.

Irgendwann wollte sie genau dort sein, nur nicht alleine. Den Krimi wollte sie vorerst nicht zu Ende lesen. Sie schlug das Buch zu und schob es in ihr Bücherregal. Diese Akte wurde somit geschlossen.

Es war noch dunkel und ziemlich kalt, als Rita am nächsten Morgen zur Arbeit eilte. Feiner Nieselregen stiebte gegen die Scheiben der Straßenbahn. An der Haltestelle Klinikum, in der Nordhäuser Straße, stieg Rita aus. Das nasskalte Oktoberwetter schlug ihr entgegen. Sie ignorierte es einfach. Rita schien es auch nicht zu stören, dass sie fror. Wie ferngesteuert überquerte sie die Straße und ging zum Haupteingang der Klinik. Sie blickte nicht nach rechts, nicht nach links. Die Kollegin einer anderen Station grüßte Rita, als sie an ihr vorbeiging. Sie grüßte zurück, als diese bereits um die Ecke verschwunden war. Im Umkleideraum war sie allein. Entgegen ihrer Gewohnheit war Rita heute außergewöhnlich zeitig da. Über den neonbeleuchteten Flur der Station zog ein Hauch von Kaffeeduft.

Anne begrüßte Rita mit einem fröhlichen: „Guten Morgen, Boss!"
Auf Ritas Gesicht erschien tatsächlich ein Lächeln.
„Guten Morgen, Anne. Wie geht es dir?"
„Gut. Prüfung bestanden. Patient lebt noch."
Sie lachten beide.
„Meinen Glückwunsch!"
Die Schwester, die Nachtdienst hatte, kam zum Dienstzimmer herein.
„Guten Morgen, Rita. Weißt du, auf was du dich heute hier einlässt?", blinzelte sie Rita, mit einem Schmunzeln auf den Lippen, an.
„Jep. Ein Genie beherrscht das Chaos. Morgen Erna."
Erna lachte, setzte sich zu den beiden und ließ sich von Anne Kaffee einschenken. Ihre Augen blinzelten noch immer vorwitzig. Erna war eine der ältesten Schwestern, hier auf der Station. Dunkelgraues, kurzes Haar umschmeichelte ihr rundes Gesicht. Sie beherrschte das Chaos und sie war dabei immer gut gelaunt. Jeder mochte sie. Erna konnte ein Lächeln auf die Gesichter der Menschen zaubern. Rita tat es gut, dass Erna da war.
Der Kaffee schmeckt wie immer scheußlich, dachte Rita und verzog das Gesicht.
Ein Patient klingelte nach der Schwester und Rita stürzte sich in die Arbeit. Es gab viel zu

tun, so wie immer. Aber alles blieb anders.

Zwei Tage später gab es eine Urnenbeisetzung auf dem Erfurter Hauptfriedhof, still und unspektakulär. Nur eine Abordnung der Kriminalpolizeiinspektion, Steffen und Brummer, konnte Rita sehen. Seltsam war, dass niemand weiter von Martins Familie auftauchte.
Vielleicht hatte er ja keine, dachte Rita.
Wer warst du?
Diese Frage geisterte immer wieder in ihrem Kopf herum.
Nun werde ich es nie erfahren.
Kalte Windböen bliesen um Ritas Wangen und fuhren in die Bäume. Einige welke Blätter lösten sich und tanzten über die Grabstätten. Hoch oben, am Himmel, wanderten graue Wolken ostwärts. Es hatte aufgehört zu regnen. Ritas Augen blieben feucht. Sie fühlte den Schmerz in ihrem Herzen und die Enge in ihrer Kehle, die ihr die Luft zum Atmen nehmen wollte. Fröstelnd starrte sie auf das kleine Loch in der Erde, in das ein fremder Mann eine Urne stellte. In Ritas Hirngespinst

bauten sich die Bilder von Martin auf. Sie sah in seine Augen, sie sah ihn mit seinem Motorrad unter den Tanker rutschen. Dann sah sie die Flammen und den schwarzen Rauch aufsteigen. Ohne dass sie es bemerkte, schüttelte sie den Kopf. Die Tränen löschten das Brennen in ihren Augen nicht. Rita schniefte und zwang sich zur Selbstbeherrschung. Steffen trat direkt neben sie. Ihre Blicke begegneten sich kurz. Es schien Rita, als wollte er ihr etwas sagen. Steffen aber schwieg.

Die frische Erde auf der großen, welken Grasfläche hob sich ab und würde bald selbst mit Gras überwachsen sein. Nur ein kleines Steintäfelchen mit seinem Namen, Geburts- und Todestag würde vielleicht ein mal daran erinnern, dass es Martin Brenner jemals auf dieser Welt gegeben hatte.

Der November zog mit weiterem Regen und grauen Wolken über die Thüringer Landeshauptstadt. Die sonnigen, warmen Herbsttage gehörten endgültig der Vergangenheit an. Die Leute auf dem Anger hatten die Regenschir-

me aufgespannt. Viele hatten sich, an diesem tristen Nachmittag, in die warmen, gemütlichen Stadtcafés zurückgezogen.
Rita stieg am Anger aus der Straßenbahn und zog die Kapuze über den Kopf. Sie kam von der Arbeit und wollte es sich diesen Abend richtig gemütlich machen. Das hatte sie sich verdient, meinte sie. Dazu fehlte ihr allerdings noch das Wichtigste: ein gutes Buch. Rita betrat das kleine Buchgeschäft in einem der alten Bürgerhäuser, in der Nähe des Kaufhauses. Sie war schon oft hier gewesen. Die Inhaberin, eine alte, magere Dame, kannte Rita gut.
„Guten Tag", grüßte Rita freundlich und nahm die Kapuze ab.
„Guten Tag. Das ist vielleicht ein Mistwetter", antwortete die ältere Dame freundlich.
„Da haben Sie Recht. Aber es hat auch seine guten Seiten."
Die Dame blickte etwas verständnislos über den Rand ihrer Brille.
„Ich zum Beispiel freue mich auf ein schönes, heißes Schaumbad mit meiner Lieblingsmusik, auf meine Couch, das duftende Kerzenlicht und vielleicht auch ein Glas Rotwein", schwärmte Rita.
Die Dame kam lächelnd um ihren Ladentisch herum. „Das stimmt allerdings. Und dazu

brauchen Sie einen packenden Krimi. Ich habe da etwas. Genau das Richtige für ihren Geschmack. Den kennen Sie bestimmt noch nicht", war sie sich ihrer Empfehlung sicher.
„Ich habe eigentlich an etwas ganz anderes gedacht. Ich suche einen Liebesroman."
„Oh", sagte die Dame überrascht und wandte sich kurz zu Rita um.
„Na gut. Sehen wir mal nach."
Rita ging langsam am Regal entlang und suchte. Sie konnte stundenlang in Buchgeschäften stöbern, zog sich zunächst die heraus, deren Cover ihr am besten gefielen und las hunderte von Zusammenfassungen der Inhalte auf der Buchrückseite. Oft hatte sie mehrere Exemplare in die engere Wahl gezogen. Sie las lange, bevor sie sich schließlich, mit zwei Büchern, auf den Weg zur Kasse machte und dann spontan noch nach einem dritten Buch griff. Auch das fand dann oft noch den Weg zu ihr nach Hause. Heute allerdings erschien es Rita schwieriger, eine Wahl zu treffen. Sie war sich einfach nicht sicher, das Richtige gefunden zu haben. Schließlich nahm sie einen historischen Liebesroman, zahlte und steckte das Buch in ihren Rucksack.
„Danke. Auf Wiedersehen", sagte Rita.
„Schönen Abend", wünschte ihr die Dame und

lächelte freundlich.
„Danke! Gleichfalls!", rief Rita im Gehen.
Als sie an der Haltestelle am Leipziger Platz, ausstieg, war es bereits dämmrig. Wie gewöhnlich lief Rita eiligen Schrittes nach Hause. Gelbes Licht fiel auf die parkenden Autos. Als sie sich ihrem Hauseingang näherte, zuckte sie innerlich zusammen. Auf der Straßenseite gegenüber parkte ein schwarzer BMW. Sie schlug die Haustür hinter sich zu und atmete tief durch. Dann sprintete sie die Treppenstufen zu ihrer Wohnung hinauf. Völlig außer Puste stand sie schließlich vor ihrer Wohnungstür. Mit zitternden Händen fummelte Rita den Schlüssel in das Schloss und stieß die Tür auf. Wie angewurzelt blieb sie stehen.
Sie glaubte, ihr Herz ebenfalls. Ritas Blick fiel direkt auf einen überdimensionalen Rosenstrauß, der vor ihren Füßen, in einer Bodenvase steckte. Die gelbe Karte, die daran befestigt war, war mitten im leuchtenden Rot nicht zu übersehen. Rita vergaß die Tür hinter sich zu schließen.
Zögerlich griff sie nach der Karte und las.
Liebst du mich?
James Bond
Wieder begannen ihre Hände zu zittern. Der rasende Puls entlud sich, in einer schlagarti-

gen Hitzewelle. Sie konnte es einfach nicht glauben. Die Überraschung in Ritas Gesicht war nicht zu übersehen, als sie sich umwandte, um die Tür zu schließen. Der junge Mann, der dort am Türrahmen lehnte, beobachtete sie genau und lächelte. Kleine Grübchen umspielten seine Mundwinkel.
Rita wurde schwindlig.
Sie schnappte nach Luft.
Sie glaubte zu träumen.
Es war ein wunderschöner Traum. Sie beschloss, ihn weiter zu träumen und schloss für einen Moment die Augen.
„Guten Abend", sagte schließlich eine ihr sehr bekannte Stimme.
Rita öffnete die Augen wieder und starrte ihn an, als sei er ein Gespenst.
„Martin?", fragte sie ungläubig, ganz leise.
„Tja, ich habe dir wohl einen ganz schönen Schrecken eingejagt. Das wollte ich nicht."
„Aber... aber du bist tot! Explodiert! Ich habe es gesehen!"
„Martin Brenner ist tot. Nicht ich."
„Wer bist du?", fragte Rita den Mann, nicht zum ersten Mal.
„Namen sind ohne Bedeutung", antwortete er. Martin löste sich vom Türrahmen und drückte die Wohnungstür zu. Das Schloss knackte leise. Dann spürte Rita seine Lippen

auf den ihren. Sie brannten wie Feuer. Der Boden unter ihren Füßen schien zu wanken und alles um sie herum schien sich zu drehen. Der Mann ohne Namen hielt sie fest in seinen Armen. Rita tastete nach ihm, vielleicht um sicher zu stellen, dass er kein Hirngespinst aus ihrem Traum war. Kribbelnde Hitze durchflutete ihren Körper und ganz langsam begriff sie, dass alles wirklich war.
Sie atmeten beide heftig, als sie sich gegenseitig in die Augen sahen.
„Lügner! Was hast du dir dabei gedacht? Wie..."
Weiter kam Rita nicht.
Seine Zunge hinderte sie am reden. Das geplante Schaumbad musste warten. Rita war nicht mehr fähig zu denken, nicht mal an die vielen offenen Fragen. Dieser Mann, von dem sie so gut wie nichts wusste, hatte sie überwältigt, hatte sie zum Schweigen gebracht, ließ sie fallen, um sie wieder aufzufangen und verschmolz schließlich mit ihr im Feuer der Kerze. In ihrem Wohnzimmer kam Rita zu sich. Jacken, Schal und Rucksack lagen am Boden. Rita schwitzte. Langsam zog sie die Stiefel aus.
„Sag es mir", begann sie leise und legte ihren Kopf schließlich auf seine Schulter.
„Was?"

„Alles."
Er lachte leise.
„Ich liebe dich. Willst du mich heiraten?"
„Mach dich nicht lustig über mich!", zischte Rita empört.
„Ich meine es ernst, Rita."
„Zuerst möchte ich wissen, auf wessen Beisetzung ich mir die Augen ausgeheult habe! Ich will wissen, wer du wirklich bist, was du bist und vor allem möchte ich deinen Namen wissen."
Der Mann an Ritas Seite atmete tief durch.
„Martin Brenner gab es nie wirklich. Ich habe früher mal beim SEK gearbeitet. Nach fünf Jahren bin ich ausgemustert worden, aus gesundheitlichen Gründen. Ich wurde zum Innendienst verdonnert und habe eigentlich einen Schreibtischjob. Das war zunächst ziemlich langweilig, bis ich eines Tages ein paar Unstimmigkeiten aufdeckte. Dann war ich plötzlich in die Sache mit Wolf verwickelt."
„Warum? Warum auf solche Weise?", fragte Rita leise.
„Solche Typen sind gefährlich. Werden sie der Gerichtsbarkeit übergeben, werden sie immer wieder auf freien Fuß gesetzt, weil die Justiz nichts gegen sie in der Hand hat. Die haben überall ihre Leute, viel Geld und Macht, um

sich Freunde und Feinde zu kaufen. Manchmal gibt es keinen anderen Weg..."
Er beendete den Satz nicht.
„Als sie zu töten?", flüsterte Rita.
Er schwieg.
„Also bist du doch ein Killer?"
Der Mann neben ihr lachte leise.
Rita blinzelte ihn an.
„Für einen toten Killer küsst du aber verdammt gut."
„Hast du dich denn je von einem lebendigen küssen lassen?", grinste er herausfordernd.
„Der letzte Typ, der es versucht hat, hat es nicht überlebt."
„Du scheinst mir gefährlich zu sein", meinte er.
„Sag mir endlich deinen Namen!"
„Mario Fröhlich."
Rita kicherte.
„Bist du dir sicher?"
Mario zuckte mit den Schultern, als er antwortete: „Mir gefällt er."
Rita seufzte laut.
„Ich brauche deine Hilfe."
„Was?! Nicht schon wieder!"
„Verbandswechsel", schmunzelte er und zog sein Hemd aus. „Ist längst überfällig."
Vorsichtig löste Rita die Binde und zog die Gaze ab.

„Sieht gut aus. Braver Junge", grinste sie und rümpfte dabei die Nase.
„Was bekomme ich zur Belohnung?"
„Etwas Fett und dann ein Pflaster drauf. Das genügt."
„Ich dachte eigentlich an was Anderes", meinte Mario gespielt enttäuscht.
Rita ging zum Küchenschrank. Es raschelte. Mit einer Tüte Gummibärchen kam sie zu ihrem Patienten, setzte sich zu ihm auf die Couch und legte ihm die Tüte in die Hände. Erwartungsvoll blickte sie Mario an, ohne eine Mine zu verziehen. Ihre Blicke trafen sich. Lange blickten sie sich schweigend an. Niemand der beiden wagte es, sich zu bewegen. Schließlich riss Mario die Tüte auf und nahm ein rotes Bärchen zwischen zwei Finger. Dann lächelte er hintergründig, schob es Rita zwischen die Zähne. Noch bevor sie etwas sagen konnte, zog er mit seinen Händen ihren Kopf zu sich heran und biss ein Stück vom zuckersüßen Bärchen ab. Dann leckte er sich kurz über die Unterlippe und küsste Rita, lange und innig. Rita protestierte nicht. Sie wehrte sich auch nicht. Sie schien unter dem Kuss zu schmelzen, wie das süße Bärchen in ihrem Mund.
„Du bist so süß", murmelte sie.
„Ich liebe dich, Schwesterchen. Willst du mit

mir die Welt retten?"
Rita kicherte. „Das klingt nach einer sehr abenteuerlichen Zukunft, mein geheimnisvoller fremder... Hobbykoch."
„Das hast du dir gemerkt?", fragte Mario erstaunt. „Ich habe Hunger. Wie wäre es mit einem außergewöhnlichen Abendessen?"
„Ich werde dir keines meiner Messer in die Hand geben!", grunzte Rita.
Mario lachte. „Angst oder Vorsicht?"
„Beides!", antwortete Rita trotzig.

Es war spät geworden. Die Teller und die angebrochene Flasche Rotwein standen noch auf dem Tisch, als Rita und Mario eng umschlungen eingeschlafen waren, tief und fest. Weit nach Mitternacht wurde Mario wach und blinzelte um sich. Er wühlte sich aus den Decken in Ritas Bett und schaltete die kleine Nachttischlampe an. Seine Sinne hatten ihn nicht getäuscht. Rita war verschwunden!
Mario stand auf.
Er öffnete die Tür vom Badezimmer. Dort war niemand. Doch im Wohnzimmer, in der Ecke neben dem Fenster, brannte die Schreibtisch-

lampe. Rita saß am Computer und tippte auf der Tastatur herum. Sie hatte eine dicke Strickjacke an. Aus einer großen Tasse, die neben dem Bildschirm stand, dampfte es. Es roch nach Kaffee. Rita war so in ihre Arbeit vertieft, dass sie erschrak, als sie bemerkte, dass Mario plötzlich hinter ihr stand.
„Was machst du da?", fragte er.
„Ich habe mir geschworen, nie wieder einen Krimi zu lesen. Dabei war nie die Rede vom Schreiben. Es wird höchste Zeit, mir meinen eigenen Krimi zu schreiben, so ganz nach meinem Geschmack. Was meinst du?"
„Ach, und das muss unbedingt mitten in der Nacht sein?"
„Künstler sind Nachts am kreativsten. Außerdem konnte ich nicht schlafen. Mir sind zu viele Dinge durch den Kopf gegangen."
„Sei vorsichtig mit dem, was du da schreibst", sagte Mario ernst.
„Hmhm", machte Rita, ohne sich stören zu lassen.
„Das könnte der erste Krimi sein, den sogar ich lese. Wie soll er denn heißen?"
Rita wandte sich zu ihm um und grinste.
„Tote Killer küssen besser."

Der Froschprinz

Es saß, wie jeden Abend, Misses Miller
in ihrem Sessel und las einen Thriller.
Da plötzlich erschrak sie vor dem Frosch
der ungeniert auf ihre Füße drosch.
        Sie schreit ihn an in voller Wut.
        „Hinweg mit dir, du Teufelsbrut!"
        Der Kleine keck aber spricht:
        „Ich bin ein Prinz. So fürchte dich nicht."
Misses Miller lacht über den kläglichen Versuch.
„Dass ich nicht lache! Du gehörst in ein anderes Buch."
„Nur ein Kuss", grinst der Frosch beflissen.
„Denn ich bin reich, das solltest du wissen."
        Hin und hergerissen überlegt Misses Miller
        und pfeift schließlich auf ihren Thriller.
        Sie legt ihn beiseite, die Versuchung ist groß,
        und hebt des Frosch auf ihren Schoß.
Der Frosch zwinkert kess und spitzt den Mund.
Ihre Lippen sind groß, rot und rund.
Der Kuss erfolgt nun mit Getöse
und verhilft dem Frosch zu wahrer Größe.
        Ein Prinz, wahrhaftig, groß und stark!
        Misses Miller ruft erstaunt: „Quak,quak."
        Es lief nicht ganz so, wie geplant.
        Wer hätte das gedacht oder geahnt.
Tja, das ist des Lebens Tücke.
Im Detail, da war ´ne Lücke.
Drum küss ich nur aus wahrer Liebe
damit mir dies ersparet bliebe.

        Brita Rose Billert, 2014
Geschrieben für meinen an Krebs erkrankten Mann.
Humor ist eine Medizin ohne negative Nebenwirkungen.

„Indian Cowboy" Band 1-6,
„Maggie Yellow Cloud" Band 1 & 2
„Die Farben der Sonne"
„Sheloquins Vermächtnis"

Erhältlich:
Twenty-Six-Verlag Online Shop
Traumfänger-Verlag Online Shop
Amazon
Thalia, Weltbild, Hugendubel und
allen Onlinebuchhändlern in allen Formaten
sowie in jeder Buchhandlung

Leseproben auf der Autoren Homepage

www.brita-rose-billert.de